光文社文庫

文庫書下ろし

ちびねこ亭の思い出ごはん

かぎしっぽ猫とあじさい揚げ

高橋由太

光 文 社

この作品は光文社文庫のために書下ろされました。

目次

猫のバラッドとバターごはん

小糸川《こいとがわ》沿岸歩行者専用道

小糸川沿いの緑地には約720本の桜のほか、菜の花やアジサイ、コスモスなどが植えられ、四季折々の花の咲く景色を楽しみながらの散歩やジョギングなど多くの人に利用されています。

夜間、橋の周辺はライトアップされ、夕暮れとともに移り変わる空の色、橋の建築物と光を映す小糸川の美しい夜景が広がります。

（君津《きみつ》市公式ホームページより）

　自分たちのバンドに『カトバラ』という名前を付けたのは、高校時代のおれ――小柳《こやなぎ》賢人《けんと》だ。仲間たちと始めたバンドには、それまで名前がなかった。

「どういう意味？」

　ボーカルの御子柴湊《みこしばみなと》に聞かれ、賢人は大威張《おおいば》りで答えた。

「猫のバラッド――Cat Balladを短くしたんだ」

　ただの思いつきで深い意味はなく、そんな英語が存在するのかもわからない。突っ込まれたら返事に困っただろうが、湊はそれ以上の質問をせずに賛成した。

「お、いいな！」

　いつも、こんな感じだ。湊は屈託がなく、物事のよいほうばかりを見ようとする性格だ。目鼻立ちの整った二枚目だが、お人好しで抜けている。そして、音楽の才能もずば抜けていた。ボーカルに加えてギターも弾き、作詞作曲もする。

　つまり、このバンドは、湊のワンマンバンドだ。でも彼は独裁者ではなかった。メンバーの意見をよく聞く。

バンド名については、他のメンバーも反対しなかった。響きがいい。悪い名前じゃない。そう言ってくれた。

「じゃあ、『カトバラ』に決定！」

賢人がまとめるように告げると、湊たちは拍手をしてくれた。最高の仲間たちだ。みんなのことが大好きだった。

スポーツでも何でもそうだが、目立つ人間と一緒のチームにいると必ず言われる言葉がある。そして、湊は目立つ人間だった。

「御子柴湊のおまけ」

何度も言われた。陰口を叩《たた》かれたこともあったし、面と向かって言われたこともあった。賢人だけではなく、他のメンバーたちも言われている。「御子柴湊とその他」と揶揄《やゆ》されていることも知っている。

腹は立ったけど、湊の才能に打ちのめされてばかりいたけど、バンド活動は楽しかった。自分で作詞作曲できなくても、音楽が好きだったんだと思う。仲間たちと一緒にいるのが好きだった。

『カトバラ』のボーカルは湊だが、きっちりやっていたわけじゃない。アマチュアの気楽さで、他のメンバーがメインになって歌うこともあった。

賢人も何度か歌った。湊ほど上手《うま》く歌えなかったし、華もなかったけど、ステージでマイクを握ると心が弾んだ。ギターを弾きながら、大好きな仲間たちと歌う。それは、幸せな時間だった。


プロになりたいなんて思っていなかった。田舎《いなか》の普通の高校生が、プロのミュージシャンになれるはずがない。

けれど湊は普通じゃなかった。特別な才能を持つ人間は、一緒にいる平凡な人間まで特別な場所に連れていってくれる。

最初に、高校の文化祭でスターになった。その勢いのまま、アマチュアバンドを競わせるコンクール型のテレビ番組に出演することになった。文化祭を見に来ていた同級生の親が、テレビ局に勤めていたのだ。湊が特別な人間だと気づいたのだろう。

そのテレビ番組で、『カトバラ』は優勝した。湊の歌声は、聴いている者すべての心を捉えた。そして、レコード会社からスカウトされた。そこは、誰もが知っているミュージシャンたちが所属している大手のレーベルだった。

「才能は、君たちのほうが上だ」

この台詞《せりふ》は、何もかもを失った今でもおぼえている。レコード会社の人間に言われた言葉だ。誰もが知っているミュージシャンよりも才能があると言われたのだ。有頂天《うちょうてん》になるな、と言うほうが無理だ。賢人だけでなく、メンバー全員がその気になった。

東京に出て来ないか、とレコード会社の人間に誘われた。高校を中退して全員で勝負することになった。東京でプロになるのだ。無謀な真似《まね》をしようとしているとは思わなかった。

そのころの賢人たちはまだ子どもで、自分たちの可能性を――才能と幸運を信じていた。話し合いと言いながら、何の検討もせず、ただ盛り上がった。

「来年の今ごろは、テレビの前でおれたちの歌を聴いてるだろうな」

「コンサートに呼んでやろうぜ」

「紅白に招待したほうが、よろこぶんじゃねえか」

「親父やお袋はそうだろうな」

「だったら決まりだ。紅白に招待しようぜ。クラスメートより親優先だろ」

「おれら、親孝行だな」

全員で大笑いし、肩を叩き合った。高校を中退することに反対している親や教師、クラスメートたちの悪口を言った。連中は間違っている、自分たちだけが正しい、と繰り返した。

このときが『カトバラ』のピークだったのかもしれない。大声で笑ったのも肩を叩き合ったのも、これが最後だった。


――どこかで聴いたような曲だ。

――金を払って聴く価値はない。

――寒い歌詞を下手《へた》くそが歌っている。

これは、上京して初めてやったライブの感想だ。湊がSNSから拾ってきた。いい感想は一つもなかった。この他にも、悪口ばかり書かれていた。

賢人たちはショックを受けたわけではないだろうけど、湊だけは顔を伏せなかった。ショックを受けなかったわけではないだろうけど、黙り込んだりはしなかった。いつもより少しだけ硬い声で、顔を上げない賢人たちに発破《はっぱ》をかけた。

「上等だよ。見返してやろうぜ」

すぐに返事をする者はいなかった。重い沈黙があった。湊はそれ以上、何も言わずにメンバーからの返事を待っていた。

そのまま一分か二分がすぎた。沈黙にいたたまれなくなって、賢人は絞り出すように返事をした。

「……そうだな」

機械音声のような声だった。他の連中は、やっぱり黙っている。誰も、何も言わなかった。湊は気づいていなかったみたいだけど、メンバーたちの心はすでに折れていた。責任感から無理やり返事をした賢人にしてもそうだ。

たった一度のバッシングで心が折れるなんて根性なしだ、と言われるかもしれないが、湊以外は平凡な高校生にすぎない。叩かれることに慣れていなかった。自分たちの音楽を否定されるとは思っていなかった。

特別な人間に高い場所に連れて来てもらいはしたが、平凡な人間は呼吸をすることさえ辛《つら》かった。酸素が薄すぎる。ここは息苦しい。

ギターを弾いても、歌っても楽しいと思えなくなった。ステージに立つのが怖くて仕方なかった。

この町が——東京が怖かった。一刻も早く逃げ出したいと思った。ギターを弾きたくなかった。そんな人間の演奏が、客に受けるわけがない。湊以外の全員が、怯《おび》えた顔でステージに立っていた。

——諦《あきら》めなければ、道は開ける。

——がんばれば、いつかは成功する。

世間には、そんな前向きな言葉があふれている。学校の教師や親も似たようなことを言うし、本にも書いてある。

だが、世の中、がんばってもダメなことはある。才能のある人間が存在するように、才能のない人間もいる。

そもそも誰もにチャンスが与えられるわけではなく、与えられたとしても永遠ではない。失敗すれば終わりだ。がんばりたいとやる気を出しても、がんばることを許してくれなくなる。

ライブをやるたびに客は減り続け、そのうちステージに立つことも難しくなった。レコード会社に、ライブを開いてもらえなくなった。もう、ネットに悪口を書く人間すらいない。

上京して一年がすぎたころだった。レコード会社の人間がやって来て、引導を渡された。

「そろそろ他の道を考えたほうがいい」

何の前置きも、挨拶《あいさつ》もなかった。この言葉だけを言いに来たのだ。

「他の道って？」

湊が聞き返した。本人だってわかっていただろうに、レコード会社の人間に食い下がった。

「さあね」

レコード会社の人間は答えた。その言葉以外、何も言わずレコード会社の人間は帰っていった。そして連絡が取れなくなった。電話をしても、会社を訪ねていっても、つないでもらえない。二度と会うことはできなかった。

――潮時《しおどき》だ。

賢人はそう思ったし、バンドのメンバーたちだって、レコード会社に見捨てられたとわかっただろう。この時点で、『カトバラ』は終わっていた。もっと前から終わっていたのかもしれないけれど。

解散すべきだったのだろうが、湊だけは諦めていなかった。アルバイトをしながら、よそのバンドのライブやフェスに参加させてもらい、YouTubeに曲をアップした。メンバーたちは湊に引っ張られて、正直に言えば惰性《だせい》で音楽を続けていた。

スタジオを借りる金がなかったのだろう。住宅街から外れた寂《さび》れた公園の片隅で、曲を作り続けていた。野良猫しかいない公園で、湊は孤独に歌い続けた。バンドのメンバーが一人も集まらなくても、歌うことをやめなかった。

賢人は、湊のようにはできなかった。折れた心は、もとには戻らない。何をやっても無駄なんだ、という無力感にとらわれていた。バンドの練習やミーティングも、理由を付けて休んでばかりいた。他のメンバーも似たようなものだった。櫛《くし》が欠けていくように集まるメンバーは減り、気づいたときには湊一人になっていたようだ。

東京は不思議な場所だ。成功するのは難しいが、贅沢《ぜいたく》を言わなければ暮らしていける。アルバイトで稼ぐことができた。コンビニの店員や弁当屋、宅配便、引っ越し業者など何でもやったが、いずれも長続きしなかった。しょせんアルバイトだからと言い訳をして、いい加減に働いていた。

何の責任も負わず、一ミリの努力もしない毎日は楽だった。自分が何のために東京にやって来たのかを考えることもなくなった。

上京して五年目のことだ。たまたま通りかかった公園で、湊を見かけた。誰もいない場所でギターを弾いていた。賢人は声をかけずに通りすぎた。

「バカじゃねえの」

呟いた声は、小さかった。湊と一緒に演奏している自分の姿が思い浮かんでいた。諦めたつもりの夢の破片を見たのかもしれない。バンドは、まだ正式に解散していない。賢人はリーダーのままだ。

――今度、会ったら声をかけてみるか。

そう思ったが、それどころではなくなった。付き合っていた恋人が妊娠したのだった。

いい加減でゴミみたいな賢人だが、彼女――市川律子《いちかわりつこ》を愛していた。

律子は、バイト先の居酒屋の同僚だった。夜のシフトに入ったとき、律子がサラリーマンらしき酔っ払いたちに絡まれているのを賢人が助けた。正義感から助けたわけではなく、むしゃくしゃしていたのだ。暴力を振るってはいないが、身体《からだ》の大きな賢人が凄《すご》むと迫力があるらしく、サラリーマンたちは簡単に引き下がった。その現場を店長が見ていて、クビにはなったけれど、アルバイトなんてどうでもよかった。

けれど律子は気にした。自分のせいで、賢人が職を失ったと思ったらしく、帰り間際に何度も謝られた。

「わたしのせいでごめん」

泣きそうな顔をしていた。律子はアルバイトでどうにか暮らしているらしく、賢人の収入が減ることを申し訳なく思ったようだ。だが、賢人はただ喧嘩《けんか》したかっただけだった。酔っ払いのサラリーマンたちが気に入らなくて、怒鳴りつけただけだ。こんなに頭を下げられても困る。

「謝らなくていいからデートして」

冗談めかして言うと、律子は赤くなった。賢人を嫌いではなかったようだ。柄にもなく賢人も赤面し、交際が始まった。そして気づいたときには、彼女を愛していた。

律子は賢人と同い年で、親がいなかった。赤ん坊のときに、池袋の外れにある養護施設の前に捨てられたのだという。

「だから今どきの名前じゃないの」

彼女は言っていた。「律子」は、親が付けた名前ではなかった。養護施設の理事だった当時九十歳の女性が命名したものだ。名字も、その理事のものだった。

「大昔に死んじゃった自分の娘の名前を付けたんだって」

他人事《ひとごと》みたいに言った。生きていれば八十歳を超えているであろう女性の名前をもらったことになる。

「理事のことも娘のことも、わたし、全然知らないんだよね」

律子が物心付く前に、養護施設の理事は他界していた。少し古風な名前とそれをもらった孤児が、この世に残された。

「そういうのって迷惑だよね」

口を尖《とが》らせている。形見のように死者の名前を付けられたことが、嫌なのかもしれない。その気持ちは理解できた。だから賢人は提案した。

「じゃあ、今度から『リコ』って呼ぼうか？」

「それ、いい！　すごくいい！」

パッと顔を明るくした。賢人の思いつきを気に入ったようだ。

「正式に『リコ』に改名しようかなあ……」

何やら考え込んでいる。いつだって真面目《まじめ》すぎるくらい真面目で、生きることに一生懸命だった。賢人は、そんなリコが大好きだった。心の底から愛していた。


妊娠したとわかったとき、リコは暗い顔をしていた。賢人が迷惑がると思ったようだ。

「愛する女性《ひと》に子どもができて、迷惑がる男なんていない。少なくとも、おれはそんな男じゃない」

たいした男でもないくせに、賢人は大見得を切った。それから軽く深呼吸し、一世一代の言葉を口にした。

「お……おれと結婚してくれ」

言葉に詰まった上に、声が掠《かす》れた。視線もリコから逸《そ》らしてしまった。締まらない話だ。かっこ悪いにもほどがある。けれど伝えたいことは伝えた。ちゃんとプロポーズできた。

ふたたび深呼吸して、自分を落ち着けてから、改めてリコの顔を見た。その瞬間、賢人は暗い気持ちになった。リコが泣いていたからだ。泣いてしまうくらい嫌だったのだろうか？　自分みたいな男にプロポーズされて迷惑だったのだろうか？

「……無理しなくていいよ」

彼女は、押し出すように言った。賢人は何を言われたのかわからず、黙ってリコを見つめていると、彼女は小さな声で話し始めた。その声は、悲しいほど小さかった。

「わたし、小さいときから……、小学校に入るずっと前から、夢なんか見ないって決めてたんだ」

誰もが心に闇を持っている。やるせない思いを抱えて生きている。リコもそうだった。

「幸せになれないって、ちゃんとわかってたから。就職もできないだろうし、わたしなんかと結婚してくれる人なんていないって知ってたから」

リコは言葉を切り、涙で濡れた瞳で賢人をまっすぐに見た。

「だから無理しなくてもいいよ。賢人は無理しなくていい。子どもは、一人で育てるから。養護施設の前に捨てたりしないから」

——おれと同じだ。

そう思った。自分に自信がなくて、失敗する前に言い訳をして逃げてしまう。自分を卑下することで傷を浅くしようとする——。

「おれ、根性なしだから無理なんかできない」

気づいたときには言っていた。根性がないのは本当のことだ。一人では、何もできない。息をすることさえ、きっとできない。

「リコやお腹《なか》の赤ちゃんと別々に暮らすのは、たぶん無理。すごく無理。絶対無理」

自分の言葉に何度か頷《うなず》き、それから大好きなリコにストレートに聞いた。

「それとも、おれ、振られたの？　おれと結婚するのは嫌？」

「……え？」

リコが驚いた顔でこっちを見た。ようやく賢人が本気でプロポーズしたんだと――一緒に幸せになろうとしているんだ、とわかったようだ。彼女は泣き笑いの表情になって、子どものように首を横に振った。

「まさか。そんなわけないじゃん。嫌なわけないじゃん」

「じゃあ決定！」

バンド名を決めたときみたいに賢人は言った。あのときより嬉《うれ》しかった。リコを守ることができるのは、自分しかいない。そう思った。彼女と生まれてくる子どもを養いたかった。家族になりたかった。

貯金がなくて不安定なのは賢人も同じだが、自分には両親がいた。故郷があって、家があった。

十一月の初旬に、実家に戻った。故郷に帰るのは、東京に出てきてから初めてのことだ。もう五年も経つ。高校を中退すると言ったとき、両親は反対して大喧嘩になった。そのまま仲直りをせずに、賢人は家出同然に上京した。

そして、成功しなかった。合わせる顔がなかったし、両親はまだ怒っているだろうと思っていた。家に入れてもらえないことまで想像した。勘当《かんどう》されていると思ったのだ。けれど、その予想は外れる。

「いつでも帰ってくるといい。ここは、おまえの家だ。これからは、リコさんの家でもあるな」

五年前より小さくなった親父は、当たり前のことのように言った。身勝手な息子を咎《とが》めもせず、賢人の恋人ごと受け入れてくれたのだ。親父の隣には、やっぱり小さくなったお袋が座っていた。

このとき、リコも一緒だった。電車の中でもリコは緊張していて、泣きそうだった。まずは賢人一人で両親と会うつもりだったが、一緒に行くと言って聞かなかったのだ。

「わたし、謝るから。許してもらえるまで謝るから」

謝る必要など何もないのに、リコはそんなふうに言った。自分のせいで賢人の親が怒っているのだと、結婚を反対されるのだと決めつけていたようだ。

リコは嘘《うそ》が苦手だ。何でも正直に話してしまう。自分に不利なことでも隠しておけない。賢人の両親を前にしても変わらなかった。

「わたし、親がいないんです。中卒ですし」

施設の前に捨てられていたことまで話した。

そんなことは関係ない、と言う者もいるだろうが、世の中から偏見や差別はなくならない。リコは身をもって、そのことを知っていた。施設出だから、中卒だからと今まで散々苦労してきたのだ。

すると親父は真面目な顔で何やら呟《つぶや》き、のんきな口調で微妙にズレた質問を始めた。

「中卒と言えば、賢人も高校中退だから中卒だなあ。それとも、高校中退って学歴になるのかね？」

リコは戸惑《とまど》い、毒気を抜かれた顔になった。それでも聞かれたことに返事をした。

「ええと……。わかりません」

「おれもわからん。自分の息子の学歴さえわからないんだから、気にしたってしょうがないよなあ」

彼女に話しかける親父の声は優しかった。その声のまま——いや、急に少し照れたような声になって続けた。

「まあ、なんだ。リコさんは嫌かもしれんが、親はここにできたじゃないか。老けてるのが二人も」

賢人は、両親が四十歳すぎてから生まれた子どもだ。確かに、リコの親にしては老けている。リコは賢人と同い年だが、化粧気がないせいか年齢よりも若く見える。祖父母と孫に見えないこともなかった。

だが、そんなことはどうでもいい。親父とお袋は、リコを賢人の結婚相手として認めてくれたのだ。

こんなに簡単に認められるとは思っていなかった。リコは賢人に輪をかけて悲観的だったから、喜ぶより驚いた顔をしている。親父とお袋だけが、のんびりした顔をしていた。

「この歳《とし》で娘ができるなんて幸せな人生だ」

「本当ねえ」

昔より小さくなった両親が、しみじみと言葉を交わした。心の底からそう思っているとわかる口調だった。彼女を歓迎していた。

その会話を聞いて、リコがわっと泣き出した。子どもみたいな泣き方だった。そして、くしゃくしゃの顔で、親父とお袋に頭を下げ始めた。

「ありがとうございます……。ありがとうございます……」

「そんな。ありがとうだなんて言わないで。それはこっちの台詞だから。こんな家に来てくれて、うちのバカ息子を好きになってくれて、ありがとう……。本当にありがとう……」

そう言いながら、お袋も泣き出した。賢人も泣いていた。視線を動かすと、親父も真っ赤な目をしている。

このとき、賢人は初めて知った。人が泣くのは悲しいときだけじゃない、と。優しさや温かさに触れたときも、涙は流れるものなんだ、と。嬉しいときにも泣くものなんだ、と。

しばらく泣いてから、意味もなく家族全員で笑った。涙を拭きながら笑うリコの顔は、今まで見たことがないくらい幸せそうだった。

賢人の生家は祖父母の代から酒屋だ。一時はアルバイトを雇っていたこともあったようだが、今は老夫婦だけで細々《ほそぼそ》とやっている。そして、賢人は一人っ子だった。だからだろう。若夫婦二人で——賢人とリコで跡を継いでくれ、と両親に頼まれた。

ありがたかったけれど、それを期待していたところもあったけれど、すぐには無理だ。

酒屋の仕事をおぼえなければならないし、お得意様や近所の人間に挨拶もしなければならない。とりあえず、リコと一緒に店を手伝うことになった。

「結婚式は、いつにするんだ?」

親父に聞かれて、賢人は口ごもった。そこまで考えていなかった。そもそも、金銭的な余裕がなかった。リコも同じだったらしく、驚いた顔で返事をしている。

「結婚式だなんて……」

やらずに済ますつもりでいたのだ。

「どうしても挙げたくないって言うんなら仕方ないが、おれはリコちゃんの花嫁姿を見たいな」

「本当ね。賢人の花婿姿はどうでもいいけど」

両親が口々に言った。リコに気を使ってくれている。その気持ちが嬉しかった。水を差したくなくて、賢人は口を挟んだ。

「六月に挙げようと思っているんだ」

「ずいぶん先だな」

親父が訝《いぶか》しげな顔になった。その場しのぎのように言った言葉だが、理由がなかったわけではない。お袋は気づいたようだ。

「ジューンブライドね」

似合わない横文字を使った。六月に結婚した花嫁は幸せな結婚生活を送れる。古くから言われている言葉だ。親父は、ぴんと来なかったらしい。首を傾《かし》げながら意見を言った。

「ふうん。でも先すぎはしないか」

「鈍いわね」

お袋がため息をつき、何もわかっていない親父に説明をした。

「三人で結婚式を挙げたいのよ」

「三人？　……ああ、そうか。それはいい」

親父は聞き返し、ようやく納得した。あじさいの咲くころには、赤ん坊が生まれているはずだった。名前も考えてある。

――小柳しずく。

性別に関係なく、その名前を付けるつもりでいた。考えたのはリコで、家族全員が賛成した。女の子みたいな気がする、と彼女は言っていたが、赤ん坊の性別がわかるのは、もう少し先になるらしい。

「それにリコちゃんの誕生月でしょう」

「めでたいことばかりだな」

お袋と親父は笑った。確かに、彼女の誕生日は六月だ。でも本当にその月に生まれたのかはわからない。養護施設の前に捨てられていたのが、六月だったのだ。

あじさいの咲くころに捨てられたの、とリコは言っていた。


もう東京にはいられない。バンドをやっている場合じゃなくなった。いったん上京しアパートを引き払って、本格的に実家に帰ることにした。『カトバラ』のメンバーに連絡もした。湊以外の仲間は就職したり、結婚を考えていたりと音楽から気持ちが離れていた。すでに楽器を売り払ってしまった者さえいた。

もう解散しているも同然の状態だったけれど、けじめをつけたほうがいい、と賢人は思った。他のメンバーとも相談して、湊に会いにいった。

湊と会うのは久しぶりだったが、彼は変わっていなかった。高校生のころと変わらない。夢を追いかける少年の顔をしていた。

そのことが、たまらなく腹立たしかった。他の二人も、同じ気持ちになったのだろう。前置きもなしに言葉を叩きつけた。

「悪いが、抜けさせてもらう」

「おれも限界だ。あとは一人でやってくれ」

うとしたのだから。

「湊、ごめんな」

最後の台詞は、賢人のものだ。やっぱり、自分は卑怯者《ひきょうもの》だ。自分だけ、いい子になろうとしたのだから。

湊は、何も文句を言わなかった。少しだけ悲しそうな顔をして、バンドの解散を受け入れて、小さく頷いた。

「そっか」

こうして『カトバラ』は解散した。メンバーたちは、別々の人生を歩むことになった。もう二度と会うことはないのかもしれない。賢人は、仲間だった連中に言った。

「元気でな」

誰かが——たぶん湊が返事をしてくれたが、賢人は振り返らなかった。背中を向けたまま手を振り、そのまま歩き始めた。進もうとしている道の先に、本当の幸せがあると信じていた。

十二月に入ると、すぐ故郷に帰ってきた。もちろんリコも一緒だ。故郷の駅から小柳酒店まで、二人は手をつないで歩いた。

まだお腹は目立たないけれど、リコは妊娠している。賢人は心配し、親父に自動車で迎えに来てもらうか、タクシーを使うかしようと言ったのだが、彼女は頷かなかった。

「歩いて二十分くらいでしょ？　これくらいで迎えに来てもらったり、タクシーを使うことないよ。荷物だって、ちょっとしかないし」

実際、二人の荷物は驚くほど少なかった。その荷物の大部分を宅配便で実家に送っていたから、賢人もリコもバッグを一つと傘《かさ》を持っているだけだった。東京を出たときは冷たい雨が降っていたが、故郷は晴れていた。

「心配しなくても大丈夫だよ。だいたい、東京にいたときはタクシーなんか使わなかったし」

赤い傘を右手に持って、リコが言った。この傘は、彼女のお気に入りだった。賢人が一昨年の誕生日にプレゼントしたものを、大切に使ってくれていた。

「それにね」

自分のお腹に手を置いて、優しい声で続けた。

「賢人の生まれた町を、この子の故郷になる町を歩きたいんだ」

結局、二人は小柳酒店まで歩いて帰った。こんなふうに、賢人とリコの新しい暮らしが始まった。

親戚や近所の人々は、拒むことなく賢人やリコと接してくれた。賢人が酒屋を継ぐと聞いて感心し、結婚相手を連れて帰ってきたことを親孝行だと言った。

「わたし、ここに来てよかった」

リコは毎日のように言った。この町で暮らし始めてから数日しか経っていないのに、東京にいたときとは比べものにならないほど穏《おだ》やかな顔になった。衣食住が保障されたからかもしれないし、母親になろうとしているからかもしれない。いずれにせよ、リコは賢人の実家での暮らしに満足しているようだ。

一方、賢人は沈んでいた。明るく振る舞おうとしているのだけど、窓ガラスや鏡に映る自分の顔は暗かった。未練が残っている男の顔だ。

故郷には、そこら中に賢人の夢の欠片《かけら》が落ちている。細かく砕けたガラスの破片みたいに、いつまでも残っていた。

実家の部屋には古いギターがあり、道を歩けば高校時代の同級生に会う。仲間たちと歩いた道もそのままで、道端にある自動販売機やベンチさえ変わっていない。『カトバラ』をおぼえている人間もたくさんいた。アルバムをめくれば、仲間たちと笑っている自分がいる。

「何が楽しかったんだろうな」

どうして笑っているのかは忘れてしまった。屈託のない自分の顔を見ながら、古いギターに触れてみると、いっそう胸が苦しくなった。

本当に大切なものは、失ってから初めて気づく。

そんな手垢《てあか》の付いた言葉が、何度も何度も脳裏《のうり》に浮かんだ。自分で夢を捨てたくせに、この手で砕いたくせに、その破片を捨てられずにいる。

音楽が大好きだった。仲間たちと一緒にいることが大好きだった。今になって賢人は気づいた。連中と作ったバンドを——『カトバラ』を愛していたんだ、と。心の底から大好きだったんだ、と。

けれど、もうどこにもない。夢の欠片を集めてみても、あのころには戻れない。バンドは解散してしまった。

こんな自分を受け入れてくれた両親には感謝しているし、リコや生まれてくる赤ん坊を幸せにしたいという気持ちに変わりはない。

でも辛かった。

どうしようもなく辛かった。

夢を諦めるのは苦しいことだと言うけれど、諦めたあとも辛かった。忘れることができなかった。叶《かな》えられなかった夢は、まるで自分の影のようだ。触ることさえできないのに、必ず自分の近くにある。

夢を追いかける努力もしなかったくせに、故郷に散らばっている夢の破片を見つけるたびに、息ができなくなるくらい苦しくなった。

「バンドなんかやるんじゃなかった……」

そう言えたら、少しは楽になるのかもしれない。けれど、その言葉を言うことはできなかった。存在しなかったことにはできない。『カトバラ』のことを考えるたび、涙があふれてくる。熱い固まりが腹の底から込み上げてくる。

賢人は誰もいない自分の部屋で、古いギターを抱き締めて泣いた。自分を憐《あわ》れんで泣いた。

酒屋の仕事を手伝いながら、ふたたびギターを弾くようになった。東京で買った楽器は、全部処分してしまったので、部屋にあった古いギターを弾いた。ほんの少し手入れをしただけで昔のように鳴った。あのころと同じように鳴った。

ギターを弾いていることは、リコや両親には内緒にした。隠れるようにして、配達の途中でギターを弾いた。配達用のトラックは賢人しか使わなかったから、こっそりギターを置いておくのは難しくなかった。

反対されるわけでも、嫌な顔をされるわけでもないだろうに、ギターを弾いているところを見られたくなかった。夢を忘れられずにいる、と思われたくなかった。

賢人が生まれた町は過疎化が進んでいて、空き家や空き地が増えていた。だから、人のいない場所はいくらでもある。十二月の寒さを我慢できれば、そこら中でギターを弾くことができる。

そんな中でも、お気に入りの場所があった。実家から自動車で五分くらいのところにある公園だ。河川敷の近くにあって、とても静かだった。

配達のたびに通りかかるけれど、誰かがいるところを見たことがない。それも頷ける話で、何年も前に撤収されてしまったらしく遊具はなく、小さなベンチが置いてあるだけの空き地みたいな公園だ。わざわざ、こんなところに遊びに来るような人間はいないだろう。

ここでギターを弾いても、その音が誰かの耳に届く心配はない。いや、まったく誰も聞いていないわけではなかった。ときどき、黒猫がいた。

「みゃあ」

賢人を見ると、挨拶するように鳴く。子猫ではなく、たぶん成猫だ。綺麗《きれい》な毛並みをしていたし、人に懐いているようだから、どこかの家の飼い猫なのかもしれない。

「外に出ると危ないぞ」

「みゃん」

そんな会話を何度か交わした。黒猫は真面目な顔をしているが、賢人の注意を聞き流していた。


この日も配達を終えて、公園の前にトラックを駐《と》めた。すると、いつもの黒猫が見えた。公園に一つしかないベンチで丸くなっていた。耳が動いたので、人間が来たことに気づいてはいるようだ。

賢人が公園のベンチに近づくと、黒猫は逃げるどころか顔を上げて、挨拶するように鳴いた。

「みゃ」

「よお」

挨拶を返すのは、いつものやり取りだ。すっかり顔見知りになっていた。賢人は黒猫を追い払うような真似をしないし、黒猫も賢人を受け入れている。

「もしかして、おれが来るのを待ってた？」

「みゃん」

黒猫が頭を軽く動かした。鳴いた拍子《ひょうし》に動いただけだろうが、賢人には頷いたように見えた。

「そっか、いいやつだな」

今度は返事をしなかった。まあ猫なんて、こんなものだろう。顔見知りになっていると言っても、黒猫に会うために来ているのではなかった。ここに来ると、少しだけ気持ちが落ち着く。胸を押し潰されるような息苦しさから逃れることができた。

賢人は深呼吸をした。十二月の冷たい空気が心地いい。それから黒猫の隣に腰を下ろし、ギターを調整しながら話しかけるように聞いた。

「さて、今日は何を弾こうか？」

「みゃん」

黒猫が返事をする。これも、いつものやり取りだ。相談するように話しかけたのは形ばかりのことで、最初に演奏する曲は決まっている。その曲だけ弾いて帰ることもあった。

「そっか。『イエスタデイ・ワンス・モア』がいいのか」

賢人が生まれる前の遠い昔に、リリースされたカーペンターズの大ヒット曲だ。世界的にヒットしたが、その印象はどこか儚《はかな》い。ボーカルのカレン・カーペンターが三十二歳の若さで亡くなっているせいもあるだろう。

高校の音楽の授業で聴いて気に入り、バンドのメンバーたちと練習した。それまで邦楽のコピーばかりやっていた『カトバラ』が、初めて手を出した洋楽でもある。この曲をやろうと言い出したのは賢人だったけど、湊のほうが先に弾けるようになった。


いい曲だよな。まあ本当のよさがわかるのは、もっと大人になってからだろうけど。


湊がそう言ったことをおぼえている。そのときは、ぴんと来なかった。学校の授業でやるくらいだから、高校生向けの曲だと思っていた。でも確かに、十代だったころより今のほうが『イエスタデイ・ワンス・モア』のよさがわかる。悲しみが伝わってくる。

そんなことを考えていると、黒猫が鳴いた。

「みゃあ」

ただ鳴いただけだろうけど、催促《さいそく》しているみたいに聞こえた。自分のギターを待っていてくれているように聞こえた。大切な観客だった。なにしろ、猫は悪口を言わない。賢人を傷つけたりしない。

「じゃあ始めるか」

話しかけたが、黒猫はもう返事をしない。ベンチの隅で丸くなっていた。眠ってしまったらしく、寝息が聞こえてくる。さっきのは催促ではなく、欠伸《あくび》だったのかもしれない。

「聴く気ねえなあ」

大げさに嘆いて見せたけど、これもお約束だ。いくら賢人がバカでも、本気で猫が音楽を聴くとは思っていない。

「おれの歌で、ゆっくり眠らせてやるとするか」

小さな声でそう言った。『カトバラ』の音楽は、決して激しいものではない。ノリのいい曲もあったが、基本的にはバラード中心だった。猫が眠ってしまうような、心地のいい音楽を心がけていた。

そのころのまま穏やかにギターを弾き、そっと『イエスタデイ・ワンス・モア』を歌い始めた。湊みたいに上手くは歌えないけど、心を込めて丁寧《ていねい》に歌った。

目を閉じると、仲間たちとすごした日々が——無邪気に夢を追いかけていたころの記憶が、走馬灯《そうまとう》のように脳裏を駆け巡った。仲間同士で殴り合いの喧嘩をしたことさえ、今となっては大切な思い出だ。

楽しかったし、幸せだった。自分たちは最高で、誰にも負けないと信じていた。『カトバラ』の一員であることが誇らしかった。

けれど終わってしまった。この手で砕いた。粉々になった破片はそこら中に散らばっているけれど、もう二度と集めることはできない。集めたところで、もとには戻らないだろう。

上京して知ったことがある。思い知らされたことがある。最高だと思っていたバンドは、他のバンドの足もとにも及んでいなかった。

高校生のころにテレビで見て、「たいしたことねえなあ」と鼻で嗤《わら》っていたバンドの物真似さえできなかった。上京して間もないころに、テレビ局から歌真似番組のオファーが届いたことがあった。オーディションに出てみないかという話だった。

最後に本物が登場するというありきたりのものだが、視聴者受けする台本だった。『カトバラ』の名前を売るチャンスだと思った。全国ネットのテレビに出るチャンスだった。だが、そのバンドのヒット曲を、賢人は弾くことすらできなかった。演奏の速度が違った。技術が違った。賢人だけではなく、ベースやドラムもそうだった。実力の違いを思い知らされて終わった。オーディションを突破することができなかった。

「ごめん……」

人のいない公園で『イエスタデイ・ワンス・モア』を弾きながら、まだ東京にいる湊に謝った。「他のバンドの足もとにも及んでいなかった」と言ったけど、彼だけは負けていなかった。下手くそのくせに練習もしなかった賢人たちが、湊の足を引っ張ったのだ。

今なら、わかる。自分の才能のなさがわかる。こうして独りぼっちになってギターを弾くたびに、自分には夢を見る資格なんてなかったんだ、と気づかされる。

古いギターを弾きながら目を開けると、寂れた公園の景色が——何もかもが滲《にじ》んで見えた。

『イエスタデイ・ワンス・モア』は、まだ終わらない。メロディは続いている。黒猫は眠ったままだ。公園は相変わらず静かで、誰かがやって来る気配さえない。

けれど、賢人はこれ以上歌うことができなかった。高校生のころに買ったギターを弾きながら、バカみたいに泣いていた。ずっと泣いていた。


年が明けて、一月になった。東京を逃げ出して、故郷に帰ってきてから初めての正月が通りすぎた。

年末年始にも店を開けていたが、買いに来るのは長年の常連客ばかりで、忙しいというほどではなかった。酒を呑《の》んでバカ騒ぎする時代ではないのだろう。正月らしさは年々薄れていく。年賀状も数枚しか来なかったし、晴れ着姿も数えるほどしか見なかった。普段と変わらず働いている人も多かった。

リコは、酒屋の仕事をそつなくこなせるようになっていた。施設を出てから、いろいろな仕事を転々としていたこともあって、事務作業はお手のものだった。パソコンのソフトを使って、帳簿を付けることもできた。

「リコちゃんが来てくれて、すごく楽になったわ」

「おれは、どうもパソコンってやつが苦手でね。押し付けちゃって悪いね」

両親は喜び、あながちお世辞《せじ》でもない口調で言った。老眼が進んで、細かい文字を見るのに苦労していたようだ。身体も衰えているだろうが、目の老化のほうが速い。

それに加えて、デジタル化の波についていけていなかった。商店街全体で電子マネーを導入することになり、どうしていいかわからずに戸惑っていたとも言った。機械の設置や細々《こまごま》とした申請も、リコがやってくれた。小柳酒店だけでなく、他の商店の電子マネー導入の手伝いもしていた。そんなふうだから商店街からの評判もいい。

賢人は役に立っていなかった。配達や品出しなどの力仕事はできるが、経理のような事務作業はできなかった。何でもスマホで済ましてしまうので、パソコンも使えない。苦手だと言い訳して、おぼえようとしなかったのは、結局、やる気がなかったのだろう。

「わたしがやっておくから、賢人は先に休んでて」

リコにそう言われると、遠慮もせずに眠った。亭主風を吹かせて、心のどこかで彼女を軽く見ていたのかもしれない。嫁にもらってやったんだという気持ちがあったのかもしれない。

いや違う。もっと悪い。リコと結婚するために夢を諦めたんだ、と心のどこかで思っていたのだ。彼女の妊娠はきっかけにすぎないのに、東京から逃げ出す口実にしただけなのに、リコに責任を押し付けようとしている自分がいた。

卑怯だという自覚はあったけれど、どうしようもなかった。『カトバラ』を失った寂しさを、夢を諦めた苦しさを、一人で背負《せお》い切れていなかったんだと思う。

ならば、リコに打ち明ければいいようなものだが、それもできない。見栄《みえ》みたいなものがあったし、話したところでわかってもらえないと思っていた。

日を追うごとに、賢人は口数が少なくなった。話しかけられても、ちゃんと返事をしないことが増えた。そして気づいたときには、リコとのあいだに距離ができていた。一度開いてしまった隙間を埋めるのは容易なことではない。

それでも時間をかければ、もとに戻るはずだった。隙間は埋まるはずだった。リコのことを愛していたし、生まれてくる子どもと一緒に幸せになりたい、という気持ちは消えていなかった。

夢の残滓《ざんし》に苦しめられてはいるけれど、いずれ忘れることができるはずだった。「あのときは、おかしくなっていてさ」と笑い話にできるはずだった。

でも、そんな時間はなかった。そんなふうにはならなかった。賢人は、命の儚さを知らなかった。

愚かな自分は、いつだって失うまで気がつかない。


小柳酒店は夜七時に閉店ということになっているが、きっちりやっていたわけではない。客がいなければ早く店じまいするし、夜遅くまで店を開けているときもある。

リコは朝から晩まで働いた。朝から店番をして、閉店後には掃除をする。妊娠していることもあって、「そんなに働かなくていいから」と両親は止めたが、リコは聞かなかった。

「じっとしているのに慣れてないんです。お医者さんにも、普通に働いて大丈夫だと言われています」

出産予定日が六月だったので、賢人は両親ほど心配していなかった。普通の会社だって、予定日の六週間前にならないと産休を取ることができないのだから、大丈夫だと無責任に考えていた。

また、彼女はこんなふうにも言った。

「東京でアルバイトしてたときより、ずっと楽ですから」

嘘ではないだろう。賢人もそうだった。アルバイトを掛け持ちしなければ家賃を払えなかった。徹夜で働くことだって珍しくなかった。

「お世話になっているんですから、これくらいは働かせてください。できることはやらせてください」

そう言ってリコは働き続けた。馴染《なじ》んでいるように見えても、やはり遠慮があったのだろう。

賢人は、そんな彼女を労《ねぎら》いさえしなかった。本当に、自分はどうしようもない。

その日も、リコは遅くまで働いていた。営業が終わったあとも店に居残り、帳簿の整理や顧客データをパソコンに入力していた。正月明けからやっていることだった。今まで両親が手書きで付けていたものを整理したい、と言い出したのだ。

「大変だろ?」

「そうでもないと思う。打ち込むだけだから」

リコは言うが、何十年分かの——何十冊ものノートがあった。ここ数年に絞ったとしても、膨大な量を入力する必要があった。

賢人や両親に手伝えることはない。パソコンも店に一台あるだけで、あとはスマホくらいしかなかった。

でも、さすがに一人で残業させるのは気が引ける。賢人と両親が店先でぐずぐずしていると、リコが笑顔で言った。

「先に上がってください」

「そんなわけにはいかないよ。リコちゃんが、まだ仕事しているのに」

親父が困った顔で応じ、お袋も頷いた。

「お気遣いなさらないで大丈夫です。勝手にやっているだけですし、こういう仕事は一人のほうが捗《はかど》りますから」

最後の一言は、皆が先に休めるように気を使ってのものだろう。確かに手伝うことができないのだから、近くにいても邪魔なだけだ。一人のほうが集中できるのも、嘘ではないのかもしれない。両親もそう思ったらしい。

「じゃあ、先に休ませてもらうよ」

「暖かくしてね」

親父とお袋が、リコに声をかけた。妊婦は身体を冷やしてはならない、という頭があるのだろう。流産のリスクが高まる、と買ってきた本にも書いてあった。

この家が建てられてから、二十年以上が経《た》っている。建て付けも悪くなっていて、どこからか隙間風も入って来る。昔の住居にありがちだが、窓が無駄に多かった。東京の安アパートより寒い。

「大丈夫です。お店は暖房が効いていますから」

リコは笑顔のまま答えた。実際、エアコンの温度設定は高めだった。リコに気を使っているということもあるだろうけれど、両親も賢人も寒がりだ。暖房のないトイレや浴室では震えてしまう。

「リフォームするときは、エアコンが効くようにしないとな。今は風呂場やトイレにも、冷暖房を付けられるんだぞ」

親父が言い出した。賢人が東京から帰ってくるとは思っておらず、いずれ夫婦で老人ホームに行くつもりでいたらしい。だから、大規模な修繕をしていなかった。店を潰して、更地《さらち》にして売ろうと思っていたようだ。老人ホームのパンフレットが何冊もあったのだが、今はリフォーム雑誌に取って代わられている。知り合いの大工相手に、改築の相談をしている。

「子ども部屋を作らないとね」

お袋が応じる。最近の両親のお気に入りの話題だ。飽きもせず同じような会話を繰り返している。

「その話はあとで聞くよ。おれ、もう眠いから」

賢人は父母の会話を遮《さえぎ》った。先のことを考えたくなかったのかもしれない。

「先に寝てるから」

リコに素っ気なく声をかけて、背中を向けて歩き出した。リコが何か言ったが、賢人は聞いていなかった。もちろん返事もしない。

振り返ることすらせず、大好きな彼女に「おやすみ」も言わず、誰もいない部屋に逃げ帰った。

それが最後になるとも知らずに。


故郷に帰ってきてから、賢人の眠りは浅くなった。布団に横たわると、息が詰まるような感じがするのだ。酒を呑まないと眠れない夜が増えた。幸いと言っていいかわからないが、酒はいくらでもあった。

店頭の商品に手を付けなくても、蔵元や酒造メーカーが味見用のサンプルを置いていく。賢人はそれを部屋に持ち込み、毎晩のように呑んでいた。

もともとアルコールに強い体質ではなかったので、酒を呑めば簡単に眠ることができた。必ず途中で目が覚めるけれど。

このときも、酒を呑んで酔い潰れるように眠った。そして、いつものように数時間後に目を覚ました。枕元に置いたスマホを見ると、真夜中の二時すぎだった。部屋の照明が付けっぱなしになっていた。眩《まぶ》しいほどに明るい。どうやら消さずに寝てしまったらしい。

　リコはいなかった。隣の布団を見ると、眠った形跡もない。布団はまっさらで、敷いたときのままだ。

「まだ、やってるのか……」

　喉《のど》が渇いていたせいで、自分のものとは思えないほど掠れた声が出た。こんな時間まで働いているリコを批難するように言ってしまった。

　東京にいたときは、午前二時を遅いと思ったことはなかった。深夜のアルバイトをしていたこともあるし、仕事がなくともコンビニに買い物に行ったりしていた。リコも似たようなものだった。

　故郷に帰ってきて生活は一変した。朝一番の配達があるときには、午前五時前に起きることがあるほどだ。賢人の両親も早起きだった。リコは、そんな誰よりも早く起きて台所にいく。それなのに、午前二時すぎまで働いているなんて。

「十二時には寝ろよな」

また、独り言を呟いた。やっぱり掠れていて、しかも、さっきより不機嫌な声だった。酒を呑んで寝たせいか頭が痛かった。寒さのせいもあるだろうし、水分が足りていないせいもあるのだろうか。

「しょうがねえなあ」

賢人は起き上がった。リコの様子を見て、ついでに台所で水を飲んでこようと思ったのだ。

部屋から出ると、ひどく寒かった。暖房をつけて寝ていたせいか、身体が寒さに負けそうだった。

「こんな寒いときに、真夜中まで働くなよ」

吐き捨てるように言って、舌打ちした。このまま店に行ったら、リコを怒鳴りつけてしまいそうだった。

いくら賢人でも、それがまずいということくらいはわかる。酒を呑んで先に寝ておいて、遅くまで働いている女房を怒鳴りつけるなんて昭和すぎる。モラハラもいいところだ。

先に台所で水を飲んで、気持ちを落ち着けたほうがいい。賢人は深呼吸をした。吐いた息が白く見えた。室内にいると思えないくらい寒い。

そんな寒さから身体を守るように縮こまった姿勢で歩いていくと、台所から明かりが漏れていた。

「なんだ、こっちにいたのか……」

お茶でも飲んでいるんだ、と賢人は決めつけ、台所の戸を開けた。すると床にリコが倒れていた。冷たい床にうつ伏せになっている。

「……どうした？」

問いかけたけれど、返事はない。歩み寄っても動かない。賢人がどんなに話しかけても、リコは二度と返事をしてくれなかった。

救急車を呼んだが、間に合わなかった。ヒートショックによる脳出血を起こしたのだった。病院に運ばれたときには、すでに心臓が止まっていた。

妊娠中はヒートショックを起こしやすい、という話は知っていた。病院でも注意されたし、本やネットにも書いてあった。

ちなみにヒートショックは、急激な温度差により血圧が上下することで心臓や血管の疾患が起きることだ。妊婦は胎児を守るために血液量が増加しており、血管が拡張しているためヒートショックになりやすいとも言われている。

暖房を効かせた店内から寒い台所に行ったために、身体が寒暖差についていけなかったようだ。

理屈ではわかっていたけど、自分の身近な人間に降りかかってくることを想像していなかった。テレビ番組やネットニュースで、ヒートショックが取り上げられていても、どこか他人事のように思っていた。妊娠中はヒートショックを起こしやすいという知識まであったのに、気をつけていなかった。

「誰の身にも起こり得ることです」

医者に言われたが、何の慰《なぐさ》めにもなっていなかった。リコだけではなく、お腹の赤ん坊も死んでしまった。


「ごめんね……。ごめんね……」

お袋は、賢人に何度も何度も謝った。リコが死んでしまってから、ずっと泣いている。リコの遺影が置いてある仏壇に頭を下げながら、ずっと泣いている。

「いや、おれの責任だ。こんなことになるなら、さっさとリフォームしておけばよかったんだ。すまなかった。本当に、すまなかった」

親父も頭を下げる。唇を嚙《か》んで、目を真っ赤にしていた。父母は、リコがヒートショックを起こしたのを、自分たちのせいだと思っているのだ。懺悔《ざんげ》するように自分たちを責めた。

　夜遅くまで仕事をさせたこと。暖房を効かせすぎていたこと。先に寝てしまったこと。台所や浴室が寒いと知っていながら放置していたこと。様子を見にもいかなかったこと。

「親父とお袋のせいじゃないよ」

　賢人は呟くように言った。両親を慰めようと思ったわけではない。自分の責任だとわかっていたのだ。

　大切にしなければならない宝物を――大好きなリコを、粗末に扱った。生きているのは、当たり前のことではない。毎日が、人生最後の一日になり得る。明日が訪れる保証はどこにもない。

　そこまでわかっていながら、賢人は「おやすみなさい」とさえ言わなかった。素っ気なくしたのは、あの日だけではない。

　叶えられなかった夢の破片を見ることに忙しくて――ギターを弾いてばかりで、現実を見ていなかった。新しい環境に馴染もうとするリコに手を差し伸べるどころか、どこか白けた目で見ていた。

　――本当に大切なものは、失ってから初めて気づく。

これで二度目だ。また、なくしてしまった。大切なものを壊してしまった。愚かな賢人は、夢を叶えることも、幸せになることもできなかった。

夢も幸せも、繊細なガラス細工みたいに脆《もろ》かった。透明で見えないくせに、壊れた破片を踏むと血が流れる。人を傷つける。ひどく傷つける。いつまでも、その破片は残り続ける。

リコが死んだあとも、故郷の町で暮らし続けた。ずっと実家にいた。賢人は、もうすぐ三十歳だ。

昨日のことのように思えるけれど、彼女と手をつないで実家に帰ってきてから五年以上も経った。彼女と赤ん坊が死んでから、長い月日が流れていた。リコと一緒に暮らしていた日々より、ずっと長い。あのとき、赤ん坊が生まれていたら、小学生になっていた。

もう両親もいなかった。夫婦そろって七十歳になったときに、老人ホームに行ってしまった。

「家も土地も、おまえの好きにしていいからな」

「本当にごめんなさいね」

親父とお袋はそんな台詞を残して、他県の老人ホームに行った。お袋の遠い親戚がいる町だ。保育園に勤めていたがすでに退職し、その老人ホームで暮らしている。

その老人ホームを選んだのは、親戚がいるという理由だけではなかった。海のそばで暮らすのが夢だったようだ。その話は、賢人も何度か聞いていた。

「海の向こうに、あの世があるというからな」

リコが生きていたころ、親父は言っていた。珍しい考え方ではない。例えば沖縄では、海の彼方《かなた》や海底に「ニライカナイ」と呼ばれる他界が存在するとされている。東京にいたころ、曲のモチーフにしようと調べたことがあった。

海は生と死の境界を象徴しており、海を渡ることで肉体を離れた魂や霊があの世へと到達する。海の向こうには、死者のための新たな生活や存在が待っている。海の彼方は、現世とは異なる豊かな世界だともいう。

親父に続けて、賢人がそんな話をすると、リコが呟いた。

「わたしも死んだら、海の向こうに行くのね。わたしを産んだお母さんとお父さんとも会えるのかな」

自分の両親が、すでに死んでしまったと思っているようだ。彼女は遠い目をして、遥《はる》か彼方を見ていた。会ったこともない父母の顔を想像していたのかもしれない。

リコが死んでから、ますます眠れなくなった。でも、もう酒は呑んでいない。どんなに眠れなくとも呑む気になれなかった。

両親のいなくなった家は広くて、独りぼっちの夜はどうしようもなく長い。リコの消えた世界は悲しい。耐えきれなくなると、あの公園に行った。軽トラックに乗って出かけるのだった。

真夜中の道路はガランとしていて、誰もいないし何もない。街灯の光が、寂しげに伸びているだけだった。人間が絶滅したあとの世界にも見えた。賢人の運転する配達用の軽トラックが場違いに思えた。

公園に着くと、やっぱり誰もいなかった。黒猫もいない。リコが死んでから一度も会っていなかった。

その片隅では、古びた街灯が光を放ちながら佇《たたず》んでいた。一つしかないベンチの影が意外なほど長く伸びて、こっちに向かってきている。影が手招きしているみたいに見えた。

軽トラックのエンジンを止めて、公園に入った。ベンチの影を踏みしめて歩く。ギターを持っていた。こんなふうに独りぼっちになっても、ギターを捨てることはできなかった。みんないなくなってしまったのに、夢の欠片を抱え続けていた。傷つき血を流しても捨てることができない。

故郷の町は、さらに過疎化が進んでいる。東京から帰ってきたときよりも空き家が増えて、酒屋の商売も成り立たなくなっていた。当然のように生活も苦しく、運送のアルバイトで食っている状態だ。来月には小柳酒店を潰して、土地を売ることになっていた。もう、あの場所で暮らすことはできない。生まれた家もなくなってしまう。

「何も残らなかったな……」

バカみたいに呟き、ギターを弾き始めた。穏やかな川面《かわも》に投げた小石の波紋のように、『イエスタデイ・ワンス・モア』のメロディが、真夜中の公園に広がっていく。暗闇に染み込んでいく。

けれど、歌わなかった。終わってしまった昨日を歌うことができない。思い出に押し潰されそうだった。

古いギターを弾きながら、賢人は黒猫の姿を探し続けた。公園の隅では、あじさいの花が咲きかけている。

結局、黒猫を見つけることはできなかった。歌うこともできなかった。下手くそなギターを弾いただけだ。

やがて雨が降ってきたので、賢人は軽トラックに戻った。意味もなくラジオをつけると、かつて仲間だった男の歌が流れてきた。

もう二度と会えないはずの君に会えた
君の顔を見ることができた
話したいことはたくさんあるけど
口下手なぼくは歌うことしかできない
言葉を知らないぼくは歌うことしかできない
月が綺麗ですね、と

こんなときに聴いても、御子柴湊の声は美しい。SNSから火がついた『RIKO』という曲だ。初めて聞いたときは、死んだ妻のことを歌ったのかと思った。もちろん違う。湊はリコのことを知らないはずだ。ただの偶然だろう。

「いい曲だな……」

独りぼっちで呟いた。軽トラックの中で、誰にも届かない声で言った。『RIKO』は大ヒットしていた。やっぱり、あいつは天才だった。粉々になっても、大空で輝いている。

賢人はハンドルに頭を押し付けるようにして、湊の歌声を聴いた。涙を流しながら『RIKO』を聴いた。

実家を取り壊す日が近づいていた。立《た》ち退《の》きの準備をしなければならない。必要なものは少なく、たくさんのものを処分しなければならなかった。祖父母の代から商売をやっていたのだから当然だろうが、書類や顧客情報が山のようにあった。

「パソコンのデータも消しておいたほうがいいな……」

ふと気づいて、賢人は呟いた。店頭に置いてあったパソコンのことだ。リコが死んでから放置されていたが、やっぱり初期化しておくべきだろう。顧客の個人情報が流出したら目も当てられない。

「動くのかな、これ？」

首を傾げながら電源を入れると、パソコンは動いた。カリカリと音を立ててはいるが、ちゃんとホーム画面が表示された。

「へえ。けっこう丈夫なんだな……」

そう呟き、試しにウェブページを開くと、両親の入居した老人ホームのホームページがブックマークされていた。

「親父かお袋が見てたのかなあ……」

呟いてみたが、腑《ふ》に落ちない。両親ともにパソコンを苦手にしていた。老人ホームの情報も、電話をかけて資料を郵送してもらっていた。リコが死んだあとは、二人ともパソコンに触っていなかったはずだ。

だが、他に考えようがなかった。父母の他に、店頭のパソコンを使う者などいないのだから。

「まあ、いいか」

気まぐれに使うことだってあるだろう。賢人は、両親の入居した老人ホームのホームページを開いた。

地域の祭りやイベントに積極的に参加しているらしく、さまざまな写真がアップされていた。入居者たちは楽しそうに笑っている。

その他にも、入居者たちが川沿いを散歩している写真があった。「小糸川沿岸歩行者専用道」と注釈が添えられている。そこには、たくさんの花々が植えられていた。

雨の季節に撮った写真らしく、あじさいが綺麗だった。青、紫、ピンク、白と色とりどりの花が咲いている。

「あじさい……」

その言葉を口にした瞬間、それまで忘れていた記憶がよみがえった。リコの声がなぜかくぐもって、賢人の頭の中で聞こえた。

〝あじさいが咲いたら、行きたいところがあるの〟

まだ東京にいたころの記憶だった。賢人の暮らしていた安アパートで、二人は食事をしている。どこに行きたいのかと問うと、彼女が返事をする。

〝ちびねこ亭。内房の海辺にある食堂。そこでごはんを食べると、死んじゃった大切な人に会えるんだって〟

そこで記憶は途絶《とだ》える。そのあとの会話をおぼえていない。今となっては曖昧《あいまい》で、本当にあったことなのかさえ定かではなかった。そんな夢を見たのかもしれない。それでもリコの言葉を思い返す。

死んだ人間に会えるなんて、あり得ない話だ。他の人間が聞いたら、悪い宗教に嵌《は》まったか詐欺《さぎ》に遭っていると思うだろう。バカバカしいと言われるだろう。

けれど、賢人は笑い飛ばせなかった。海の町にある老人ホームのホームページを見るともなく見ていると、今度は、はっきりとリコの言葉を思い出した。

わたしも死んだら、海の向こうに行くのね。わたしを産んだお母さんやお父さんとも会えるのかな。

それは、この家で実際に発した言葉だった。親父とお袋がいて、リコがいた。まだ生まれていない子どももいた。

「……おれとも会ってくれる?」

死んでしまった妻に問いかけた。リコは返事をしてくれない。涙があふれた。また、泣いている。賢人は、毎日のように泣いていた。

彼女とすごした日々が滲んで見える。記憶の中の風景までが、涙に滲むとは知らなかった。窓を叩くような雨音が聞こえた。いつの間にか、雨が降り出したみたいだったけれど、顔を向けることはできなかった。

賢人はパソコンのキーボードに目を落とし、リコを思いながら泣いていた。誰もいない古びた家で、声を殺して泣いた。

どれくらいのあいだ、泣いていただろう。ふと、ブックマークがもう一つ、あることに気づいた。さっき見たときには老人ホームしかなかったはずなのに、その隣にウェブページが追加され、文字が表示されていた。

ちびねこ亭の思い出ごはん

「……え？」

頭の中で聞こえた言葉だ。ちびねこ亭。この世にいない大切な人と会える食堂。導かれるようにブックマークを開くと、個人のものらしきブログが表示された。黒板にチョークで書いたような飾り文字で『ちびねこ亭の思い出ごはん』と書かれている。ブログの名前みたいだ。

記事を読むと、店の宣伝ではなく女の人の日記だった。『ちびねこ亭の思い出ごはん』は、悲しい話から始まっていた。

夫が行方不明になったのは、もう二十年も昔のことです。
海へ釣りに行ったまま、いなくなってしまいました。

女の人は、夫の帰りを待ちながら小さな食堂を始めた。帰ってくるはずのない最愛の人を思いながら、食事を作り続けた。

賢人は、会ったこともない女の人のブログに引き込まれていた。リコや赤ん坊に会えるヒントが——死んでしまった大切な人に会える方法が、このブログのどこかに隠されているような気がしたのだ。

果たして、その予感は外れていなかった。読み進めていくうちに、こんな文章に行き当たった。

食べて行けるようになったのは、思い出ごはん——陰膳《かげぜん》のおかげです。

陰膳には二つの意味がある。一つは、不在の人のために供える食事。それから、死者を弔《とむら》うための食事。葬式や法要で死んでしまった人のための膳を用意することがあるけれど、それも「陰膳」と呼ばれている。

もともとの意味は前者だが、最近では、死者のための膳を指すことが多いのかもしれない。賢人も、リコの葬式のときに陰膳を見た。

ちびねこ亭を訪れる客の注文とは別に、女の人は夫の無事を祈って陰膳を作っていた。

すると、やがて、死んでしまった身内や友人を弔うために陰膳を注文する客が現れた。葬式や法要でなくとも、死者を弔いたいと思う人間は多いようだ。

女の人は、その注文を「思い出ごはん」として受けた。故人の思い出を聞き、大切な人を偲《しの》ぶ料理を作ったのだ。

そして奇跡が起こった。陰膳を出すたびに大切な人との思い出がよみがえり、ときには、故人の声が聞こえてくるようになった。死んでしまった人と会うことのできた者さえいる。

そんなふうにブログに書かれていた。

窓の外では、あじさいが咲いている。

賢人は、ちびねこ亭の住所をさがした。


ブログを読んだ四日後のことだ。賢人は朝一番の電車に乗って、君津《きみつ》駅にやって来た。平日の午前中だからなのか、電車も駅も閑散《かんさん》としていた。実家のある町より活気はあるようだが、とにかく静かだ。

家を出たときから雨が降っていて、今も、しとしとと雨粒が落ちていた。太陽の見えない空は暗く、空気は重く湿っていた。

スマホの時計を見ると、午前九時にもなっていない。君津駅からちびねこ亭までは少し距離があるけれど、タクシーやバスを使えば、予約した十時には余裕で間に合う。

駅前には、立派なロータリーがあった。けれど、やっぱり人はいない。タクシーやバスを待っている列もなかった。

「タクシーのほうが確実だな」

時刻表を見て呟く。バスは本数が少なく、しかも、バス停からちびねこ亭まで十分程度歩かなければならない。雨の中を歩くのは面倒だし、迷子になる可能性もある。ちびねこ亭は午前中だけの営業だと言っていた。

ロータリーでは、可愛《かわい》らしい名前のタクシー会社の自動車が客待ちをしている。地元のタクシー会社だろうか。『モコモコタクシー』と書いてあった。白髪《しらが》頭の男性が運転席に座っている。親父より年上に見えた。無口そうな人だ。賢人はそのタクシーに乗った。

「どちらまで？」

そう問われたので、ちびねこ亭の住所を伝えた。道順については、小糸川沿いを海に向かって、まっすぐに走ってもらうように頼んだ。

予約を入れたときの電話でも聞いていたが、店の前まで自動車で行くことはできないという。海辺を歩く必要があるみたいだ。賢人は念のため時間を聞いた。

「どれくらいかかりますか？」

「道路の混み方にもよりますけど、十五分もあれば着くと思います」

それなら、余裕で間に合う。砂浜を歩くのに時間がかかっても、九時半すぎには着くはずだ。

「わかりました。それでは、お願いします」

賢人は運転手に言い、後部座席で目を閉じた。タクシーが走り出し、エンジン音と車窓を叩く雨音だけしか聞こえなくなった。とても静かだった。

眠くなかったし、寝るつもりもなかったのに、エンジン音と雨音に意識を奪われるように眠りに落ちていたようだ。タクシーの運転手の声が聞こえるまで、暗闇に包まれた世界にいた。

「このあたりでよろしいでしょうか？」

「あ、はい……」

窓の外の景色を確かめもせずに返事をした。半分くらい眠ったままだったのかもしれない。一瞬、自分がどこにいるのかわからなかった。夢なんて見なかったのに、どうしてだか、まだ夢の中にいるような気がした。

自分はタクシーに乗って、死んでしまったリコに会いに来た。現実を確かめるように思い返したけれど、それもまた夢のような話だった。

「……ありがとうございました」

運転手に礼を言い、料金を払って、タクシーから降りた。そして歩き始めた。目の前には、内房の海があった。予想通り誰もいない。道路も海辺も無人だった。

しとしとと雨は降り続けていて、雨水をたっぷりと吸い込んでいる砂浜は歩きにくかった。しかも、息苦しいほどに薄暗い。海も空もよく見えない。けれど、ちびねこ亭はすぐわかった。

砂浜を歩いていくと、真っ白な貝殻を敷き詰めた小道があって、青いあじさいが脇に咲いていた。その小道を抜けたところに、黒板を入り口の前に立てかけてある建物が見えた。雨が煙っていてシルエットくらいしか見えなかったけれど、他に建物はなかった。

賢人は歩み寄り、黒板に書かれていた文字を読んだ。

ちびねこ亭

思い出ごはん、作ります。

やっぱり、ちびねこ亭だった。黒板には、注意書きに加えて、子猫の絵も描かれていた。

当店には猫がおります。

予約したとき、電話で念押しされたことでもあった。アレルギーや猫嫌いを気にしてのことだろう。

いつまでも降り続ける雨から逃れるように、賢人はちびねこ亭の扉を開けた。カランコロンとドアベルの音が鳴った。

「いらっしゃいませ。ちびねこ亭の福地櫂《ふくちかい》と申します。小柳賢人さまでいらっしゃいますね。お待ちしておりました」

出迎えてくれたのは、二十代前半くらいに見える若い男だった。華奢《きゃしゃ》な眼鏡をかけていて、優しげな顔立ちをしている。予約を取ったときに、電話で話した相手だろう。声が一緒だった。

中に入った。ちびねこ亭は、広い店ではなかった。カウンター席はなく、四人掛けの丸テーブルが二つ置かれているだけだ。ただ、テーブルも椅子《いす》も木製で、丸太小屋のような雰囲気が漂っている。

そんな温もりを感じられる店の隅に安楽椅子が置かれていて、その上で、茶ぶち柄の子猫が丸くなっていた。黒板に描いてあった猫の絵のモデルだろう。

「こちらのお席を用意いたしました」

案内されたのは、窓際の席だった。大きな窓から、雨降りの海辺とあじさいの花が見えた。

福地櫂は無愛想ではないようだが、雑談をするタイプでもないらしく、余計な話をせずに話を進めた。

「ご予約いただいた思い出ごはんを用意いたします。少々お待ちくださいませ」

そして、キッチンらしき場所に行ってしまった。他に店員がいる様子はなく、客もいなかった。

窓の外では雨が降り続き、店の隅の子猫は目を覚まさない。かすかに寝息を立てている。その寝息に誘われるように、賢人も目を閉じた。あじさいの花が、まぶたの裏側に浮かんだ。


うとうとと、また眠ってしまったようだ。雨の日は、眠くなるのかもしれない。今日は寝てばかりいる。

「お待たせいたしました」

福地櫂にそう声をかけられて、賢人は、はっと目を開いた。さっきキッチンに行ったばかりに思えたが、お盆の上に食事を載せている。

ただ、賢人が注文したのは料理とも言えないものだったので、実際に眠っていたのは数分間のことだったのかもしれない。

「こちらが、ご予約いただいたお食事になります」

ホテルマンのような恭《うやうや》しい物腰で、漆塗《うるしぬ》りのお盆をテーブルに置いた。茶碗に盛られた白飯が湯気を上げている。醤油《しょうゆ》差しはあるけれど、惣菜《そうざい》は見当たらず、小皿が添えられていて、そこに四角く切られたバターが載っていた。

目の前の料理から目を離せなかった。間違いない。リコとの思い出ごはんだ。記憶の中にある食事がそこにあった。

「バターごはんです」

テーブルに置いた料理を紹介する店主の声は、今も降り続ける雨音のように静かだった。

賢人は返事もせず、その音を——思い出の料理の名前を聞いていた。東京でリコとすごした日々がよみがえる。

○

ごはんにバターをのせて醤油を垂らす。ただそれだけで、包丁もまな板もフライパンも使わない。時期によってバターの値段が高いこともあるけれど、たくさんのバターを使うわけではないから安く済む。そのくせ、たいていの料理より美味《おい》しかった。

「最強の貧乏飯だな」

「節約料理って言ってほしいな。作ったのは賢人だけど」

リコとそんな会話を交わしながら、毎日のようにバターごはんを食べていた。金のない二人には、これくらいしか食べられなかった。

いや違う。そうではない。アルバイト代が出た日にも食べていたから、バターごはんが好きだったのだ。貧乏舌と言われればそれまでだが、レストランで食べる料理より美味しいとさえ思っていた。

たかがバターごはんと言うかもしれないけれど、美味しく食べるためのコツというか、こだわりのようなものもあった。

「やっぱ、レンチンしたほうが旨《うま》いよな」

炊きたての飯ではなく、冷や飯を電子レンジで熱々に加熱する。温めすぎというくらい熱々にし、そこにバターをのせて食べる。醤油を垂らしても美味しいし、何もかけずに食べてもいい。パックの白飯を使ったこともあるが、十分に美味しかった。二人で食べるごはんは美味しい。どんなご馳走《ちそう》より美味しかった。

○

「いただきます」

内房の海辺にある小さな食堂で、賢人は手を合わせて、記憶の中のリコにそう言った。

テーブルの上では、茶碗に盛られた白飯が湯気を立てている。不自然なほど熱そうだったから、炊きたてのごはんではなく、予約したときに話した通り電子レンジで加熱してくれたようだ。

賢人の分だけではなく、目の前の席にも食事が用意されていた。福地櫂は何も言わなかったが、リコのための陰膳——思い出ごはんだとわかった。

鼻の奥がツンとしたが、こんなところで泣くわけにはいかない。泣いていたら食事が冷めてしまう。箸《はし》を取って、バターの欠片を熱々の白飯にのせた。

バターは音もなく溶けて、ごはんと一体になった。濃厚なバターのにおいが湯気に混じって嗅覚《きゅうかく》を刺激し、賢人の食欲をそそった。昨日の晩から何も食べていないこともあって、腹の虫が鳴きそうだった。

何かを食べたいと思ったのは、久しぶりだ。リコが死んでから空腹を感じたことがなかった。それが、今は早く食べたくて仕方がない。胃袋がバターごはんを欲していた。

醤油を少しだけ垂らし、バターをまとった白飯を口に運んだ。その瞬間、バターの香りが鼻に抜け、醤油の味わいが舌の上に広がった。しかも、ただの醤油ではない。

にんにく醤油を使っているのだ。にんにくを醤油に漬けておくことによって、にんにくの香りを楽しむことができる。

にんにくは青森県産が有名だが、千葉県でも栽培されている。醤油は言わずとしれた千葉県の特産品だ。キッコーマンを始め、ヤマサ醤油、ヒゲタ醤油など有名メーカーがある。賢人たちが使っていたのは、キッコーマンの醤油だった。

もう一口、バターごはんを食べた。バターと醤油の塩気が、白飯のほのかな甘さを引き立てている。濃厚なバターのクリーミーさが口の中を満たしていく。

美味しかった。昔と同じように美味しかった。レンジで加熱したごはんは、火傷《やけど》するほどに熱い。

涙が滲んで、目からあふれそうになった。どうしようもなくなって食事を中断して、袖でぬぐった。ほんの一瞬だけ、目を閉じた。十秒にも満たないあいだのことだったと思う。

ところが、ふたたび目を開けると世界が変わっていた。目を閉じていた数秒のあいだに、景色が一変していた。ちびねこ亭の窓際の席にいるのは変わらないが、スモークを焚《た》いたような濃い霧に包まれていた。

見渡すかぎり真っ白で、さっきまでテーブルのそばにいたはずの福地櫂の姿が消えていた。窓の外では雨が降り続け、あじさいの花が美しく濡れている。

世界が変わってしまっても、賢人は驚かなかった。食堂のテーブルに座ったまま真っ白な景色を眺めていると、声が聞こえた。

〝海の向こうに、あの世があるというからな〟

親父の声だった。なぜかくぐもっていた。そのくせ、はっきりと聞こえる。頭の奥から話しかけられたみたいだった。

ふいに気配を感じた。改めて窓の外に目をやると、赤い傘が近づいてくるのが見えた。雨に煙ってよく見えないが、ちびねこ亭にやって来ようとしている。賢人に会いに来たんだとわかった。どうしてだか説明できないけれど、はっきりとわかった。

誰だろうとは思わなかった。こんな自分に会いに来てくれるのは、ひとりしかいない。彼女しかいない。

赤い傘があじさいの前を通りすぎ、やがてちびねこ亭の扉がゆっくりと動いた。ドアベルが鳴る。


カラン、コロン。


その音もくぐもっていた。こんなにはっきりと聞こえるのに、すぐそこにドアベルがあるのに、なぜか遠くで鳴ったように感じた。

ちびねこ亭の扉が大きく開き、湿った空気が入ってきた。一緒に霧も入り込んだらしく、店の中がいっそう白くなった。

白い影が赤い傘を持って、扉の向こう側に立っている。顔は見えなかったけど、誰なのかは明白だ。賢人は、その痩《や》せたシルエットをおぼえていた。やっぱり彼女だ。

ゆっくりとした動作で傘を立て掛け、白い影が店に入ってきた。こっちに歩いてくる。見たらどこかに行ってしまいそうな気がして、消えてしまいそうな気がして、賢人は視線を落とし、彼女の足取りだけを見つめていた。

何秒もしないうちに、賢人の座っているテーブルのそばに辿《たど》り着いた。そこで立ち止まり、白い影が声をかけてきた。

〝会いに来てくれたのね〟

くぐもってはいたけれど、間違いなくリコの声だった。顔を上げると、そこに彼女がいた。もう白い影じゃない。賢人の故郷で一緒に暮らしていたころのリコの姿になっていた。顔も服装も、記憶の中のままだ。

ちびねこ亭で思い出ごはんを食べたら、大切な人と会うことができた。この世で二度と会えないはずのリコが現れた。あのブログに書かれていたことは本当だった。

賢人はリコに返事をする。死んでしまった妻に言葉を返した。

〝あじさいが咲いたから〟

そう答えた瞬間、目から涙が流れ始めた。とめどなく流れていく。涙が止まらなかった。

嗚咽《おえつ》が込み上げてきて、呑み込むことができない。

寒い冬の夜に死んでしまったリコの前で、賢人は声を立てて泣いた。みっともないほど泣きじゃくった。

〝そんなに泣かないで〟

彼女の声は優しかった。いつの間にか、正面の席に座っていた。すぐそばにリコがいることが嬉しくて、一緒にいられることが幸せで、賢人はさらに泣いた。

どんなことにも終わりがある。幸せな時間は永遠には続かない。ちびねこ亭の奇跡もそうだった。

リコの優しい声が、いつまでも泣き続ける賢人の耳に届いた。

〝思い出ごはんが冷めるまでしか、ここにいられないの〟

〝……冷めるまで？〟

顔を上げて聞き返すと、大好きな妻が小さく頷いた。

〝うん。湯気が消えたら帰らなきゃダメなんだ〟

死んでしまうと、この世のものを食べられなくなる。その代わり、においが食事になるらしい。

仏さまに線香を手向《たむ》けるのは、その煙が死んでしまった人の食事になるからだ。線香の煙は天に昇り、あの世に届く。線香を供えることで、この世とあの世をつなぎ、死者の冥《めい》福《ふく》を祈ることができる。死んでしまった大切な人に、生きている人間の気持ちを伝えることができる。

そんな話をリコの葬式で聞いたような気がするが、あるいは、ちびねこ亭の思い出ごはんもそうなのかもしれない。

テーブルに視線を落とすと、バターごはんは冷め始めていた。電子レンジで熱々にしても、永遠に温かいわけではない。

あと何分もしないうちに、思い出ごはんの湯気は消えてしまうだろう。すると、リコはいなくなってしまう。あの世に帰ってしまう。そして、きっと、この世では二度と会えない。

それなのに声が出ない。何も言うことができない。言う言葉を用意していなかったわけではなかった。

——幸せにできなくて、ごめん。

そう謝ろうと思ってやって来たけど、実際に死者を前にすると自分の身勝手さがわかる。謝罪は、自分の罪悪感を軽くするために行われることが多い。謝ったところで、相手が救われるとはかぎらない。ましてや死んでしまった人に今さら謝ったところで、何も変わらない。生き返ることはない。

言葉を失う賢人の正面で、リコも黙っている。沈黙の中、しとしとと降り続ける雨音だけが聞こえた。

バターごはんが、少しずつ冷めていく。

湯気が、もう見えなくなりそうだった。

すべてが終わってしまう。半端《はんぱ》な自分は、奇跡の中でも半端だった。賢人が唇を噛み締めた、そのときのことだ。唐突に猫の鳴き声が聞こえた。

〝みゃあ〟

一瞬、あの公園の黒猫が現れたのかと思ったが、そうではなかった。鳴いたのは、ちびねこ亭の子猫だった。福地櫂が消えたあとも残っていたようだ。安楽椅子から飛び降りて、しっぽを立てている。

視界に飛び込んできたのは、茶ぶち柄の子猫だけではなかった。しっぽを立てた先に、それがあった。

〝え……？　おれのギター……だよな？〟

見間違いではない。あの古いギターだ。持って来た記憶のないギターが、安楽椅子に立てかけるように置かれていた。

どうして、ここにあるんだ？　賢人がそう戸惑っていると、茶ぶち柄の子猫がまた鳴いた。

〝みゃ〟

やっぱり、あの公園の黒猫とそっくりの鳴き声だった。独りぼっちでギターを弾く自分の姿が思い浮かんだ。夢を失ったあとも、愛する妻がいなくなったあとも、賢人はあの公園でギターを弾いていた。

〝……そっか、そうだよな〟

賢人が呟くと、子猫がしっぽを縦に振った。

〝みゃん〟

頷いたように見えた。賢人は立ち上がり、安楽椅子の方に歩き出した。リコは何も言わずに、こっちを見ている。

いつの間にか存在が消えかかって半透明になってしまったけど、顔もろくに見えなくなってしまったけど、彼女の視線を感じる。賢人が何をしようとしているのかわかっているのだ。

不器用で臆病な自分は、ちゃんと話すことができない。愛している、と言葉で伝えることさえできないけれど、きっと歌うことはできる。

安楽椅子に立てかけられているギターを手に取り、チューニングもせずに弾き始めた。

『カトバラ』のボーカルみたいな——湊みたいな才能が、自分にないことはわかっている。上京してから作詞作曲に挑戦したこともあったが、やっぱり下手くそで、他人に聴かせるような歌は作れなかった。歌だってイマイチだ。

だけど湊の作った曲なら、誰よりも上手く演奏する自信があった。湊はギターも上手いが、『カトバラ』のリードギターは自分なのだから。

だから、賢人はあの曲を歌った。ギターを弾き、ラジオで聴いた湊の作った曲を歌った。

もう二度と会えないはずの君に会えた
君の顔を見ることができた
話したいことはたくさんあるけど
口下手なぼくは歌うことしかできない

そんなはずがあるわけないのに、この瞬間のために、湊が作ってくれた歌のように思えた。死んでしまったリコのために作ってくれた曲みたいに思えた。

話したいことが歌詞になっている。伝えたい思いがメロディになっている。愛する人への気持ちが詰まっていた。

湊みたいに綺麗な声じゃないけど、野太《のぶと》い声しか出ないけど、ちゃんと歌うことができた。愛していると気持ちをギターに乗せることができた。

歌詞が終わり、賢人は最後のメロディを奏《かな》でた。思い出ごはんの湯気は見えなくなり、リコの姿はすでに消えている。けれど気配を感じることはできた。まだ、近くにいてくれる。

〝賢人、ありがとう〟

リコの声が聞こえたが、さっきより小さくなっていた。降り続ける雨音に負けそうな声だった。

ふたたびドアベルが鳴る音が聞こえた。

カラン、コロン。

ちびねこ亭の扉が開いた。しとしとと降り続く雨とあじさいの花が見える。あの世に帰る時間が来てしまったようだ。

リコの足音が、店の外に向かっていく。食堂から出て行こうとしている。さよならも告げずに去ろうとしている。

賢人は、やっぱり何も言うことができない。このまま別れるのかと思ったとき、もう一度、子猫が鳴いた。

〝みゃん〟

それは、魔法の呪文《じゅもん》だったのかもしれない。茶ぶち柄の子猫の鳴き声に応えるように、雨降りの海辺に、小さな赤い傘が浮かび上がった。

黄色いレインコートを着た白い影が、あじさいの咲いた小道を歩いてくる。雨と霧のせいで顔は見えないけれど、子どものように見える。たぶん、女の子だ。小学校に入ったくらいだろうか。

賢人の胸が痛んだ。ぎゅっと心臓を摑《つか》まれたみたいに苦しくなった。その女の子が、誰だかわかったからだ。それでも聞かずにはいられなかった。

〝もしかして……〟

問うように呟くと、リコの声が返事をし、やって来たばかりの女の子を紹介してくれた。

〝うん。しずく。賢人とわたしの娘。ちゃんと生まれたんだよ。あの世で一緒に暮らしているの。パパに会いたくて、こっちに来たいって、神さまにお願いしたみたい。本当は駄目なんだけど、この子、わたしに似てわがままだから〟

リコの声は幸せそうに笑っていた。やっぱり娘だった。賢人の娘だった。一度も会うことができなかった娘だった。いつもは意地悪な神さまが、娘の願いを、賢人の祈りを聞いてくれたのだ。

〝しずく〟

名前を呼んだ。涙がとめどなく流れていく。賢人は立ち上がりたかった。立ち上がって、小さな赤い傘に駆け寄りたかった。

けれど身体が動かない。安楽椅子のそばから離れることができなかった。娘のいる場所に行くことができない。

〝……どうして？〟

喉の奥から押し出すように問うと、リコが返事をした。

〝ごめんね。外から見るだけって約束なの〟

どこか遠くから聞こえてくるような声だった。もう、ほとんど聞こえない。しずくと一緒に行ってしまおうとしているんだ、とわかった。

リコの気配が、食堂の外に出た。大人用の赤い傘が開き、白い影が浮かび上がった。小さな傘が――娘の影がそこに駆け寄った。寄り添うように並んで、こっちに向き直った。

〝それじゃあ行くね。賢人、ありがとう。こんなに早く死んじゃったのは残念だったけど、わたしもしずくも幸せだった。あなたに会えた人生は幸せでした〟

そして、ふたりで頭を下げるような仕草をし、白い影がゆっくりと歩き始めた。二つの赤い傘が遠ざかっていく。雨の中に消えていこうとしている。

賢人は、やっぱり動くことができなかった。せめて妻と娘の姿を目に焼き付けようとしたが、涙が邪魔をした。

世界が歪《ゆが》んで見える。

景色が滲んで見える。

追いかけることも、さよならを言うことも、愛していると伝えることも、ふたりの姿を見ることもできない。無力な賢人は、祈ることしかできなかった。信じてもいない神さまに祈った。

あの世で穏やかに暮らせますように。

安らかに休めますように。

神さまは意地悪だけど、ときどき優しい奇跡を起こしてくれる。人の祈りを聞いてくれる。

そんな神さまは、猫の姿をして地上で暮らしているのかもしれない。そう思ったのは、茶ぶち柄の子猫が奇跡を起こしてくれたからだ。

〝みゃ〟

優しい声で鳴くと、賢人の身体が少しだけ動くようになった。ふたりを追いかけることはできそうにないけど、指は動くし声も出そうだった。

何をすべきか、考えるまでもなかった。自分に残っているのは、砕け散った夢の欠片だけだ。その欠片を集めることしかできない。

〝ワンツースリー〟

軽くギターを叩きながらリズムを取って、ギターを弾き始めた。一音ずつ確かめるように弾くと、雨雫《あめしずく》のように穏やかな音が出た。ギターを弾くたびに、雫がつながり、重なり合い、やがて優しいメロディになった。

『イマジン』

ジョン・レノンが一九七一年に発表した名曲だ。解釈については諸説あるが、平和で穏やかな理想の世界を歌っている、と言われている。「想像してごらん」と語りかけてくる歌詞は、あまりにも有名だ。

賢人は、愛する妻と娘のために『イマジン』を弾いた。精いっぱい歌った。心を込めて歌った。

リコとしずくが争いも貧しさも苦しみもない世界で暮らしてほしい、と願いながら。ふたりがあの世で幸せに暮らしてほしい、と祈りながら。

どんなに歌っても、傷が癒《い》えることはない。悲しみは悲しみのまま、大切な人の思い出だけが雨のように胸の中に降り続ける。賢人の歌では、誰も救われない。自分自身を救うことさえできそうになかった。

けれど、歌い続けた。死んでしまったリコとしずくのためにギターを弾いた。他にできることなど、一つもなかったからだ。

妻と娘は雨の中で手をつなぎ、振り返ることなく消えていった。海の向こうに帰っていった。微笑《ほほえ》んでいたように見えたのは、幻だったのかもしれない。

海辺には、あじさいの花が咲いている。

雨に濡れながら、ずっと咲いている。

ちびねこ亭特製レシピ

バターごはん

材料（２人前）

・冷や飯　２膳分
・バター　適量
・醤油　適量

作り方

1　冷や飯を電子レンジで温める。
2　熱々になったごはんを茶碗によそい、バターをのせる。
3　醤油を好みで垂らして完成。

ポイント

簡単な料理だけに、さまざまなアレンジが可能です。例えば、削り節や明太子、鮭フレーク、コーンなどをトッピングしても美味《おい》しく食べることができます。また、白米ではなく玄米ごはんで作るのもおすすめです。

迷い猫と勝浦《かつうら》タンタンメン

勝浦タンタンメン

当地の海女《あま》さん・漁師さんが寒い海仕事の後に、冷えた体を温めるメニューとして定着してきました。

メニューの特徴は、通常のゴマ系と違い、醤油ベースのスープにラー油が多く使われたラー油系タンタンメン。

具材はミジン切りの玉ネギと挽肉《ひきにく》が入ることが一般的で、お店によってニンニク、ニラ、ネギが入ったり、スープも味噌《みそ》ベースのお店もあったりと各店が特色を生かしたメニューを提供しております。

（勝浦タンタンメン船団ホームページより）

——本当にバカみたい。

五十嵐《いがらし》さくらは、ため息をついた。最近、ため息ばかりついている。どうしようもない無力感に襲われるのだった。

そろそろ三十五歳になる。人生百年の時代ではまだ若いのだろうけれど、二十代のころに比べて疲れやすくなった。何よりも寝られない夜が増えた。睡眠も浅く、やっと眠れても、途中で何度も起きてしまう。無理やり眠ろうとすると息苦しくなって、横になっていられなくなることもある。

今日は、ただ眠れなかった。ベッドで寝返りを繰り返して、枕元の目覚まし時計ばかり見ていた。あと一時間もすれば夜が明ける。眠れないまま仕事に行くことになりそうだった。

そんな夜は、自分のことを考える。さくらは千葉県君津市にあるアパートで一人暮らしをしていて、まだ独身だ。恋人どころか友達もおらず、この先もずっと独身かもしれない。

仕事はしている。一駅先にある木更津《きさらづ》市の書店で働いていて、正社員——店長ということになっていた。

正社員になれたことを感謝しなければならない時代なのかもしれないが、その気にはなれなかった。

さくらの勤めている書店の給料は安い。役職手当は支給されるけれど、微々たるものだ。権限は少なく、責任だけが重い。人手不足だから、有給休暇を取ることもままならない。

本が大好きで就《つ》いた仕事だが、店長になる前から大変だった。力仕事だし、おかしな客もやって来る。万引きの対応も大変だ。たかが本と思うかもしれないが、万引きで潰れた店だってある。子どもの万引きも多いけれど、親に連絡して逆ギレされることもあった。男の店長を出せ、と言われたこともある。

「バカバカしい」

今度は、声に出して言った。誰に気を使う必要もないのに、小さな声しか出なかった。しかも掠《かす》れていて、老婆のような声だった。人生に不満があって愚痴《ぐち》ばかり言っている年寄りの声だ。

そんな自分の声にうんざりする。自分の愚痴にうんざりする。自分の人生にうんざりする。

何度目かのため息をついたとき、目覚まし時計のアラームが鳴った。出勤の準備を始める時間だ。行きたくなかったが、ここで休んだら、そのまま仕事を辞めてしまいそうだった。

「バックレちゃってもいいんだけどさ」

できもしないことを言うと、気持ちがいっそう重くなった。無断欠勤して、そのまま職場に顔を出さずに辞めてしまう人間は珍しくない。アルバイトだけでなく、正社員にもいた。さくらにその度胸はなかった。

「行くしかないか……」

重い身体を引きずるようにして起き上がり、カーテンを開けた。そこに日射しはなかった。梅雨時《つゆどき》らしい雨が降っている。しとしととアスファルトを湿らせ、空気を重くしていた。

昨晩、ベッドに入る直前の時間に、実家の母から電話があった。何の前置きも挨拶もなく、いきなり聞かれた。

「いい人がいるんだけど、ちょっと会ってみない？」

お見合いの話だった。母は、君津市に南接している富津《ふっつ》市の山間《やまあい》の町に住んでいて、さくらを結婚させようと画策《かくさく》していた。

母は専業主婦で、父はすでに定年退職しているが警察官だった。今も元気で、魚釣りや素潜りなどのマリンスポーツを楽しんでいる。サーフィンを始めたという話も聞いた。両親ともに七十歳になったばかりで、年金をもらっているのが不自然なほど若々しい。

それから、さくらには三つ年下の妹――杏《あんず》がいる。すでに結婚していて、二児の母だ。幼稚園に通っている息子と娘がいる。ちなみに、妹の夫はやっぱり警察官で、父の部下だった。妹一家は、父母と同居している。電話をすると、スマホの向こう側から笑い声が聞こえてくることも多かった。そのたびに、さくらは思う。

――幸せそうで何より。

妹と仲が悪いわけではないけれど、実家に帰りにくい状況だ。ときどき顔を見せに帰るだけならともかく、そこで暮らすことはできない。今さら、あの家にさくらの居場所があるとも思えなかった。

「一昨年、奥さんに先立たれた男性《ひと》で、まだ四十歳なのよ。ちなみに、子どもはいないから」

母の話は続いている。子どもがいないことを長所みたいに言った。悪気はないのだろうが、あまり気持ちのいい発言ではなかった。幸せな人間は、ときとして他人への配慮を忘れる。

注意しても面倒くさくなるだけなので、さくらは聞かなかったことにして、質問をしてみた。

「その人も警察官？」

「もちろんよ。お父さんの部下だった人」

言うまでもないことでしょ、と言いたげな口調で母は答えた。確かに、無駄な質問だった。警察官以外を紹介されたことがなかったのだ。

さくらが三十歳をすぎたころから、母はお見合い話を持ってくるようになった。それも相手は警察官ばかりだった。しかも、柔道や剣道をやっている体育会系の男性が多かった。父も義弟も警察官だという話は先に記したが、父の父――祖父も警察官だった。ちなみに、母も結婚前は警察に勤務していた。

政治家、医者、教師、警察官は世襲であるかのように、代々同じ職業に就くことが多いように思える。親戚を見ても、やっぱり警察官が多かった。さくら自身、大学卒業後に警察官になることをすすめられたが、本ばかり読んでいる自分に合う仕事とは思えなかった。お見合いをするかどうか躊躇《ためら》っていると、母が説教口調になった。駐車違反を咎《とが》めるように言う。

「早く結婚しなさい。女は、子どもを産んで一人前になるのよ」

古くさい上に、またしても配慮のない言葉だった。年齢も収入も、個人的な事情も関係ないらしい。

――いつの時代よ。

そう言い返してやりたいところだが、心のどこかで母の言葉に賛成している自分がいた。世間の人々だって、昔よりも口に出さなくなっただけで、似たようなことを考えている気がする。女の幸せは「結婚」と「出産」にある、という価値観は根強く残っている。

結婚が人生のすべてではないとは思うけれど、これからのことを考えると、やっぱり独りぼっちは寂しい。誰かに寄り添いたいという気持ちは持っている。

ふいに、つい先日まで書店で働いていた男性の顔が思い浮かんだ。さくらより少し年下の契約社員だ。

頼りないところはあったけれど、真面目な勤務態度を気に入って、本社に掛け合って正社員に登用してもらえる手はずになっていたが、ある日を境に仕事を辞めてしまった。

絵を描くのが好きな人だった。休憩時間にスケッチブックを広げているのを見たことがある。あるいは、絵を描く仕事を見つけたのかもしれない。書店の常連客から、若い女性と二人で歩いているところを見たという話を聞いたこともあった。

幸せでいてほしいと思う反面、胸が痛んだ。自分は、彼のことが好きだったのかもしれない。

さくらのそんな気持ちを置き去りにして、電話の向こう側で母は勝手に話を進める。何も言っていないのに、お見合いをすると決めつけたようだ。不出来な娘を指導するようにアドバイスを口にした。

「趣味を聞かれて、読書って答えるのはやめなさいね。話が弾まないし、暗い印象を与えるから」

本なんて誰も読まないいんだから、と付け加えた。その言葉は、あながち間違っていなかった。


書店の経営は厳しい。子どものころ、あんなにあった個人経営の書店は見かけなくなり、大手書店も苦戦している。老舗《しにせ》の書店が、次々と閉店していく。

さくらが店長を務めている書店も、売り上げが下がり続けていた。本を読む人間が減ったということもあるだろうが、それを差し引いても赤字が大きかった。かつてはそれなりに人気があったレンタルDVDコーナーも閑古鳥《かんこどり》が鳴いている。インターネットで何もかもを済ませる世の中なのかもしれない。

だから予感はあった。赤字が続いているのだから当然だ。考えないほうが、どうかしている。

そして、その日はやって来た。遅番だったので、昼すぎに出社した。すると、本部の人間が待っていた。さくらに挨拶をし、周囲に目を配りながら言った。

「今年度いっぱいで木更津店を閉めることになるかもしれません」

それは、書店の死を告げる言葉だった。その悪い知らせを持って来たのは、まだ二十代に見える若い男性だ。何度か会ったことがある。名刺ももらっていた。近藤《こんどう》という名前だった。

「閉店……ですか？」

「はい。売り上げが大幅に増えれば——例えばですが、書籍の売り上げが倍増すれば別でしょうけど」

近藤が無理なことを言い出した。現状維持さえ難しいのに、売り上げを倍にできるはずがない。今どき、そんなに売り上げを伸ばしている書店は、ほとんどないだろう。事実上の死刑宣告だ。

さくらは、改めて近藤の顔を見た。一流大学を卒業して、幹部候補として入社したのだろう。マネキンのように整った顔立ちをしているせいか、自動音声を聞いている気持ちになる。感情の起伏が見えない若者だった。

「もし、閉店することになりましたら」

と、近藤は続ける。

「五十嵐さんには、津田沼《つだぬま》店の補佐をお願いすることになると思います」

補佐ということは、店長としての異動ではない。格下げだ。しかも津田沼店は、木更津店と同じくらい売り上げが落ちている店舗でもあった。

「まずは、木更津店の売り上げを伸ばしましょう。微力ながら、わたしにも協力させてください」

言葉は前向きだが、声に気持ちがこもっていなかった。さくらには、社交辞令のように聞こえた。

「ありがとうございます」

お愛想《あいそ》で答えると、近藤は頷いてから話を切り上げた。

「詳しくは、電子メールで書類をお送りいたします」

そして、木更津店から帰っていった。最後まで近藤は笑わなかったが、それはさくらも一緒だった。自分もマネキンみたいに無表情な顔をしていたことだろう。もう何ヶ月も、営業スマイル以外に笑った記憶がなかった。

木更津店に勤務している正社員は、さくらだけだ。契約社員やアルバイトを雇用して店を回していた。売り場面積や立地、集客力にもよるが、正社員が一人という店舗は珍しくない。

「おはようございます」

声をかけながらバックヤードに入るなり、ため息が出た。大量のダンボール箱が床を占拠していたからだ。

それは、今日だけの話ではなかった。毎日、洪水のように新刊が送られてくる。店頭に並べなければならないけれど、スペースにかぎりがある以上、売れ残った本を片づけなければならない。返本するために出版社ごとに書籍を分けて梱包するのも、書店員の仕事だ。売り上げが減ろうと、やらなければならないことは山のようにあった。店長だからと言って座ってはいられない。

その作業に取りかかる前に、契約社員やアルバイトたちに閉店するかもしれない、と伝えた。ＬＩＮＥやメールでも連絡するけれど、今回のような場合は、可能なかぎり直接話すべきだろう。

「わかりました」

バックヤードにいた全員が返事をしたが、それだけだ。特筆するような反応はなかった。

アルバイトたちは、何事もなかったかのようにダンボール箱の梱包《こんぽう》を解《と》き始めた。また、ため息をつきたくなったが、それを呑み込み、さくらもダンボール箱に手を伸ばした。

閉店時間になった。細々《こまごま》とした仕事を終えたあと、戸締まりをして店の外に出て、誰もいない暗い場所で独りごちた。

「誰にも必要とされてなかったのかなあ」

自分の言葉が痛かった。胸を抉《えぐ》られた。潰れてしまうこの書店だけではなく、さくら自身にも当てはまる気がしたのだ。自分を必要としている人間なんて、この世にはいない、と思った。

「本なんか好きにならなければよかった」

そうすれば書店員にはならなかっただろう。大学を卒業するときに、親や親戚たちの言うことを聞いて警察官になっていれば、こんなふうに職場を失うこともなかったのかもしれない。独りぼっちにだってならなかっただろう。

同級生たちは結婚し、前に進んでいる。子どもを持った者も多い。一方、さくらはただ歳を取り、老いただけだ。貯金もなければ、家族もいない。友達もいない。誰かに求められることさえない。

「もう本を見たくないな」

静まり返った書店の前で呟いた言葉は、本音《ほんね》だった。本が好きで書店員になったのに、仕事に疲れすぎて本を読む暇がなかった。もう本好きとは言えない。

ふいに、母の言葉がよみがえった。


――趣味を聞かれて、読書って答えるのはやめなさいね。話が弾まないし、暗い印象を与えるから。


きっと、その通りなのだろう。本を好きでいても、何のメリットもない。いいことなんて起こらない。

閉店はいい機会だ。書店員を辞めよう。津田沼店には移らない。木更津店がなくなったら、辞職しようと決めた。

「さっぱりしたわ」

自分に言い聞かせるように言ってから、帰ろうとシャッターに背中を向けると、一匹の三毛猫が、さくらの目の前を通りすぎていった。迷子が自分の家をさがしているみたいに、キョロキョロしながら、どこかへ行ってしまった。

さくらの住んでいるアパートは、君津駅から十五分ほど歩いたところにある。人見山《ひとみやま》がすぐ近くにあって、さらに足を延ばせば小糸川に辿り着く。東京湾も遠くなかった。そして何より家賃が安かった。

木更津市にも賃貸物件はあったが、職場の近くで暮らしたくなかった。スーパーや病院で常連客と頻繁《ひんぱん》に会うのを避けたいと考えたのだ。

けれど、その心配はもう不要だ。書店はなくなり、さくらは転職する。この町で暮らし続ける理由はなくなった。

「でも引っ越すにしても、仕事を見つけなきゃね」

歩きながら呟いた言葉は、しとしとと降り続いている雨に沈んだ。この難しい時代に、三十すぎの自分が再就職できるのだろうか？　そもそも、何の仕事をするのだろうか？

「……どうにかなるか」

心細い声しか出なかった。書店員以外の仕事をしている自分の姿が思い浮かばなかった。どんな仕事をしたいのかもわからない。

考えることに疲れて、歩道の脇を見た。そこには古びた民家があって、あじさいの花が庭先に咲いている。そして、ときどきピアノの音が聞こえた。道を歩くたび、同じ曲を演奏していた。

さくらは音楽に詳しいわけではなかったけれど、この曲は知っていた。学校でも習ったし、映画やドラマでも耳にする。ショパンの『別れの曲』だ。

いつまでも降り続く雨音に紛《まぎ》れるようにして、世界でいちばん美しいと言われている名曲が流れてくる。

部屋に着き、照明を点けた。夜だし、雨が降っているので窓は開けなかった。シャワーを浴びて部屋着になり、倒れるようにベッドに寝転がった。

コンビニで買ったサンドイッチを昼休みに食べたきりなのに、食欲がなかった。子どものころから、食が細かった。疲れすぎたり、嫌なことがあったりすると何も食べたくなくなる。

そのまま寝てしまおうと部屋の照明を消したが、目を閉じたとたんに息苦しくなった。胸が押し潰されるような感覚に襲われた。息ができない。苦しくて苦しくて死んでしまう——。

さくらは慌《あわ》てて身体を起こして、大きく深呼吸した。一度、二度、三度と深呼吸を繰り返しているうちに、ようやく普通に息をすることができるようになった。

「またなの……」

呟いた声は、ひどく掠れていた。眠ろうとすると、呼吸困難に似た症状を起こすことがある。救急車を呼ぼうかと思ったことさえあった。心配になり病院に行ったところ、身体に異常はなかった。心療内科で診察を受けるようアドバイスされたが、まだ行っていない。自分の弱さを指摘されるような気がして怖かった。

息苦しさは収まっていたけれど、すぐに眠る気にはなれない。照明を点けて、カーテンを開けた。雨は、しとしとと降り続いていた。人通りはなく、町は静まり返っていた。ピアノの音は、もちろん聞こえなかった。

外を眺めることに飽きても、他にすることがなかった。テレビを見る気にはなれない。スマホやパソコンも触りたくなかった。デジタルは好きではなかった。SNSはやっていないし、ゲームにも興味がない。

「本当に何もないのよね」

自分に呆《あき》れて肩を竦《すく》めた。それから喉の渇きを覚えて、冷蔵庫を開けた。ほとんど空っぽで、飲めそうなものは牛乳くらいだった。でも冷たいまま飲むとお腹を壊す。だから電子レンジでホットミルクを作り、テーブルについて飲むことにした。砂糖の代わりにオリゴ糖を加えて飲むと、気持ちがかなり楽になった。

「セロトニンのおかげかな」

誰も聞いていないのに、本で読んだ知識を呟いた。牛乳にはトリプトファンと呼ばれるアミノ酸が含まれている。トリプトファンは、セロトニンという幸せホルモンの前駆体《ぜんくたい》であるらしい。このセロトニンには、気分を落ち着かせ、リラックス感をもたらす働きがあると言われている。

睡眠の質を高めて、よく眠れるようになるようだが、トリプトファンが脳内に取り込まれ、セロトニンに変換されるまでには時間がかかる。一般的には、ホットミルクを飲んでから三十分から一時間程度は必要だと、その本には書かれていた。つまり、すぐには効かない。

「もう少し起きてるか」

また、さっきみたいに息苦しくなるのが怖かった。見るともなく、テーブルの上を見た。

そこには、一冊の本が置いてあった。すっかり色褪《いろあ》せてボロボロになっている単行本だ。

橋の途中だろうか。白いシャツとズボンを身に着けた人間が、自転車で立ち止まっている絵が表紙に描いてあった。

二十年も前に出版された鷺沢萠《さぎさわめぐむ》の『ウェルカム・ホーム！』という小説だ。中学生のころから、何回も何十回も、それこそ数え切れないほど読んでいる。著者のホームページに載っている紹介文さえも暗記していた。

家族ってなあに？　「ふつう」ってなあに？

この言葉は、ずっとさくらの胸に突き刺さっていた。風化して消えるどころか、歳を取るごとに大きくなっていく。答えがわからなくなっていく。

それから、こんなふうにも書かれていた。

お父さんとお母さん、子どもはふたりくらい。それが「ふつうの家族」なのだ、というような現代日本に存在する概念に、何か疑問を感じていました。

時代は変わっても、その疑問は解消されないままだ。価値観が多様化しても、「ふつうの家族」を求める者や他者に押し付ける者は減らない。

読むたびに、物語の見え方が変わっていく。十代のころより、今のほうが主人公たちに共感できる。悲しい気持ちになる。幸せな気持ちになる。暗記するほど読んでいるのに、ページをめくる手が止まらなくなる。そして、帰る場所のある登場人物に嫉妬《しっと》する。

いまだに読み返すほど大好きな本だけど、自分で買ったものではない。中学生のころにもらった。

あれから二十年近い歳月が流れているのに、記憶は残っている。まともに掃除をしていない汚れた窓には、中学生だったころの自分の顔が浮かんで見えた。梅雨時の曇った空のように暗い表情をしていた。

スタートボタンを押してもいないのに、あのころの出来事が再生される。忘れてしまいたい出来事までが、勝手に思い浮かぶ。

○

さくらは、パッとしない中学生だった。今もパッとしないが、中学生のころはそれに輪をかけていた。学校の成績は普通で、運動は苦手。他人と話すのはもっと苦手で、一人でいることが多かった。警察官である両親は、友達を作ろうとしない娘を歯痒《はがゆ》く思っていたようだ。特に、母親には何度もため息をつかれた記憶がある。

「どうして、そうなのよ」

この手の台詞を言ったのは、親だけではなかった。教師や同級生にまで似たようなことを言われていた。

友達を作れと説教されたこともあるし、いつも一人でいるのを同情されたこともある。当時の田舎町では、友達のいないことは「悪」で「かわいそう」だった。「ふつう」じゃなかった。人間として欠陥があるように扱われる。勉強ができないことより大問題だと言われる。

実際、学校生活では、事あるごとにグループを作らされる。班別行動だけでなく、二人組、三人組になることを強いられた。授業中もそうだったが、休み時間になるといっそう顕著になった。小さな集団がいくつもできて、それぞれの場所に固まる。

どのグループにも属していないさくらは、教室に居場所がなかった。どうでもいいことを話し、面白くもないのに笑い声を上げる同級生たちに囲まれていると息苦しくなった。話しかけられると、逃げ出したくなった。

だから休み時間になるたびに、図書室に行った。本当に逃げ出した。図書室を選んだのは、本が好きだったからではない。他に居場所を見つけることができなかっただけだ。クラスの誰とも話さずに済んで、「ふつう」であることを強要されずにすごせる場所は、学校の図書室くらいだった。

図書室はいつも空いていて、よほどのことがないかぎり生徒はやって来ない。少なくとも、クラスメートたちは来なかった。授業の準備をしているらしき教師の姿を見かけることはあったが、さくらに話しかけたりしない。

この日も、図書室に生徒はいなかった。雨が降っていて、窓からは校庭の花壇に植えられたあじさいの花が見えた。さくらは本棚に隠れているような、壁際の目立たない席を確保し、ほっと息をついた。

だが、その瞬間、本棚の陰に気配を感じた。あそこに誰かがいる。居場所を侵された気持ちになったけれど、もちろん文句は言えない。そんな度胸はないし、そんな権利もないだろう。

それでも気になって、のぞき込むように見ると女の先生が立っていた。何かをさがしているらしく、本棚に並んだ背表紙に目を走らせている。

「青海《おうみ》先生……」

思わず名前を口にした。教わっている国語の先生だった。青海一子《かずこ》という名前だ。三十代前半で背が高く、すらりとした体形をしていて、物静かだけれど、近寄りがたい毅然《きぜん》とした雰囲気を持っていた。いつも騒がしい不良がかった男子生徒たちも、青海先生には逆らわない。

「こんにちは」

さくらに気づいて挨拶をしてくれたが、笑《え》みはなかった。いつものことだ。年かさの教師相手でも保護者相手でも、愛想笑いを浮かべたりはしない。面白くもないのに無理に笑ったりしない。

さくらはそんな青海先生に憧れていた。思わず先生の名前を呼んでしまったのは、きっとそのせいだ。

「本を読もうと思って来たんです……」

聞かれてもいないのに、図書室にいる理由を口にした。教室に居場所がなくて、ここに逃げてきたことを知られたくなくて嘘をついた。

青海先生には週に何度も教わっているのだから、さくらが教室で孤立していることくらいは知っている。下手な嘘をついてしまったと後悔したけど、あとの祭りだった。

——同情されたら嫌だな。

暗い気持ちで思った。説教されるのもごめんだった。たいていの教師は、友達がいない生徒を心配する。深刻な顔で話しかけてくる教師もいた。余計なお世話なのに。

でも、そんな心配は無用だった。杞憂《きゆう》だった。青海先生はさくらの言葉を疑いもせず、当たり前のように質問してきた。

「どんな本を読むの？」

「ええと……」

さくらは困った。すごく困った。毎日のように図書室に通っているくせに、まともに本を読んだことがなかった。

青海先生は返事を待っている。どうしようもなくなって、家に置いてある本の名前を言った。

「『SLAM DUNK』とか『花より男子《だんご》』とか……」

両方とも両親が買ったものだ。しかも、正確にはアニメやドラマで見た記憶しかなかった。再放送だか録画していたものだかを何度か見た。

もちろん漫画だとわかっていたけれど、他に思い浮かばなかった。両親も妹も、漫画しか読まない。夏休みの宿題の読書感想文を書くときに小説を読みはしたが、タイトルさえおぼえていなかった。

相手は国語の先生だ。今度こそ叱《しか》られると思ったが、青海先生はさくらを咎めなかった。それどころか、真面目な顔で頷いたのだった。

「うん。両方とも面白いよね。あと、わたしは『タッチ』が好きかな。ちょっと古い漫画だけど」

「わたしも好きです！」

声が大きくなった。『タッチ』も親の本棚に置いてあって、さくらも読んでいた。青海先生が同じ漫画を読んでいると知って嬉しかったのだ。

「図書室では静かにね」

やんわりと注意された。柄にもなく調子に乗ってしまった。

「……すみません」

しょんぼり謝ると、青海先生が微笑んだ。先生の笑顔は珍しい。小さな笑みだったけれど、とても優しくて、胸の奥が温かくなった。

「一緒におしゃべりしていたんだから、わたしも同罪」

先生はそんなふうに言ってから、本棚を回って、さくらのそばにやって来た。それから、一冊の本を差し出した。

「漫画もいいけど、小説も面白いよ。これ、読んでみて」

唐突《とうとつ》に言われたように感じたが、図書室で国語の教師とする会話としては自然だ。でも、予想外の言葉だったことに変わりはない。

「え……」

戸惑いながら視線を向けると、『ウェルカム・ホーム！』と表紙に書いてあった。有名な作家の小説らしいが、さくらは知らなかった。

「……ありがとうございます」

断るのも悪い気がして、とりあえず本を受け取った。まだ新しく、青海先生の体温が本に残っていた。

「図書室の本じゃないから、ゆっくり読んでいいから」

私物のようだ。借りていいものかわからず黙っていると、青海先生が言った。

「じゃあ授業の準備があるから」

そして、先生は行ってしまった。あとには、さくらと『ウェルカム・ホーム！』が残された。


図書室では『ウェルカム・ホーム！』を読まなかった。隠すように本をカバンに入れて、帰宅してから自分の部屋でページをめくった。大人向けの小説を読んだのは初めてだったけれど、文章は読みやすく、あっという間に物語の世界に没頭することができた。

『ウェルカム・ホーム！』には、二つの中編が入っていた。著者のホームページや書籍紹介を見ながら内容を再確認する。

離婚し親にも勘当され、親友の父子家庭宅に居候しながら、家事と子育てに励む元シェフの物語。

結婚に失敗し、愛情を注いで育てあげた前夫の連れ娘《ご》と引き離されたキャリアウーマンの物語。

中学生のさくらには、よくわからないことも多かったけれど、読んでいるうちに涙があふれて、止まらなくなった。辛い過去を背負いながら、まっすぐに生きていこうとする登場人物たちの姿に心を打たれた。物語の中で、彼らと一緒に居場所をさがしていた。

読み終わったあとに、改めて表紙のタイトルを見た。

『ウェルカム・ホーム！』

お帰りなさい、という意味だろうか？　人には帰るべき場所があって、自分を迎え入れてくれる「家族」がいる。そういう内容の小説だと、そのときは思った。

今は居場所のないさくらだが、いつか、自分もそんな場所や「家族」と出会うことができる。そう思えた。『ウェルカム・ホーム！』を読んで、生きることに希望を持てるようになった。

人との出会いがあるように、本とも出会いがある。本に恋に落ちることがある。人生を変える本がある。

いや、そんな難しいことではない。『ウェルカム・ホーム！』を大好きになってしまった。

その二日後、図書室に行くと、ふたたび青海先生がいた。もともと色白だったけど、この日は透き通るような肌の色をしていた。さくらに気づき、「こんにちは」と挨拶してくれたが、その声も儚《はかな》げだった。

このときにおかしいと気づくべきだったのかもしれないけれど、さくらは自分のことしか考えていなかった。他人の痛みや苦しみに無頓着だった。

「ありがとうございました。すごく、すごくよかったです」

感想になっていない稚拙《ちせつ》な感想を言いながら、借りた本を差し出した。青海先生はなぜか受け取らず、さくらに質問をなげかけてきた。

「もう読んじゃったの？」

「は……はい。あっという間でした」

「気に入ったみたいね」

「はい！　また読みたくなると思うので、同じ本を買おうと思ってます！」

本気だった。地元の書店には置いていなかったから、すぐというわけにはいかないけれど、絶対に手に入れるつもりだった。いざとなったら、父か母に頼んでネット通販で買ってもらおうと考えていた。

さくらがそんな話をすると、青海先生が思いがけないことを口にした。

「買わなくていいわ。また読みたくなったら、その本を読みなさい」

「え……？　でも、この本は先生の……」

「そう。わたしの本よ。プレゼントするって言ってるわけじゃないの。もう少し貸してあげるだけ」

突き離すような言い方だったが、その口調は優しかった。だから躊躇《ためら》いもせずに、先生に甘えた。

「ありがとうございます！」

本を抱き締めるようにして、頭を下げた。この本があれば、前を向いて生きていける。自分の居場所をさがすことができる。『ウェルカム・ホーム！』は、さくらの支えになっていた。

「いつ返せばいいですか？」

確認するように質問すると、青海先生が静かな声で答えた。凪《な》いだ水面のような声だった。

「あなたが本を嫌いになったら返して」

それが、学校で聞いた先生の最後の言葉になった。

その翌週、青海先生は学校に来なかった。授業中に倒れて、入院したのだ。いったん富津市内の病院に運ばれたのだが、先生が勝浦市出身だったこともあり、地元の病院に転院していた。

さくらはお見舞いに行くことにした。さくらのやることに反対ばかりしている両親も賛成した。母に至っては、一緒に行こうかとまで言ってくれたが、さくらは頷かなかった。

「本当に一人で大丈夫？」

「大丈夫」

そんな会話を交わした。少し遠いけれど、電車に乗っていれば着く。病院は駅から歩いて五分くらいの場所にあるらしい。

「じゃあ大丈夫か」

母は、あっさり納得した。田舎で暮らしていると、電車に乗ることに慣れるからだろう。模擬テストやちょっとした買い物でも、電車で出かけなければならない。映画も木更津市まで見に行った。高校受験を控えて、学校見学にも行っている。

それでも、やっぱり緊張していたのだろう。もしくは昔のことだからか、青海先生の病室に着くまでの記憶が、ところどころ抜け落ちている。個室だったのか大部屋だったのかもおぼえていない。ただ梅雨時で、雨が降っていたことをおぼえている。赤い傘を差して、あじさいの花が咲いている道を歩いた映像が残っていた。

何もかもをおぼえていると思っているのは錯覚で、砕けて散らばりかけた記憶の欠片《かけら》を拾い集めて、どうにか再生しているだけなのかもしれない。次に浮かんだのは、病室で青海先生と話しているところだった。

「心臓が弱いのは昔からだったけど、そろそろ手術したほうがいいみたいね」

青海先生は、他人事《ひとごと》みたいに言った。ブルーのパジャマを着て、ベッドに寄りかかるように座っていた。夏休み中に手術することになっている、とも教えてくれた。

自分の意思でお見舞いに来たくせに、さくらは何も言えなかった。手術をするほど重い病気だと思っていなかったのだ。

中学生にとって、死は遥か遠くにある。けれど存在しないものではない。それはいつも見えるところにある。

親戚や近所の人、父の同僚たち、好きだった芸能人、死んでしまった者を何人も知っている。昨日まで普通に暮らしていたのに、どこか遠くに行ってしまうのだ。

もちろん、先生が死ぬとは思っていない。ただ不安だった。病院という場所のせいもあるのかもしれない。そこら中に死の気配が漂っていた。死神の足音が聞こえてきそうだった。

自分は、きっと怯えて泣きそうな顔をしていたのだろう。青海先生が話を変えるように言った。

「退院したら、また図書室に行くから。今度は、五十嵐さんのおすすめの本を教えて」

「は……はい」

やっと声が出た。国語の先生に推薦《すいせん》できるほど読んでいなかったが、また図書室で会えることが嬉しかった。青海先生が退院するまで、たくさんの本を読もうと思った。

病気の先生を疲れさせないためだろう。面会は十五分くらいで終わらせるように言われていて、ちゃんと話していないのに終わってしまった。病院の人に注意される前に、青海先生が切り上げるように言った。

「それじゃあ、学校の図書室で会いましょう」

「はい。わたし、待ってます。図書室で先生が来るのを待ってます。本がたくさんあるところで待ってます」

帰る間際に約束した。実際、さくらは卒業までのあいだ、毎日のように図書室に通った。だけど青海先生とは会えなかった。手術を受けても治らなかったのだ。先生は死んでしまった。『ウェルカム・ホーム！』の作者と――鷺沢萠と同じ年齢で死んだと、のちに知る。

結局、本を返すことはできないまま、さくらも青海先生や鷺沢萠の享年《きょうねん》に差しかかった。

○

ただでさえ平日の午前中は客が少ない。その上、雨が降っているせいか客足はさらに鈍く、店内は閑散としていた。だが客がいなくても、やることがあるのが書店だった。売れなかった本を片づけて、新刊を棚に出さなければならない。

洪水のように送られてくる新刊の一部を並べていると、四十歳くらいの痩せた男性が店に入ってきた。

新刊コーナーは入り口正面に設置されていて、そこで作業をしていると、来店したばかりの客と目が合う。このときも目が合った。男性の顔を直視した。その瞬間、さくらは大声を上げてしまった。

「えっ⁉　す、杉本《すぎもと》先生⁉」

なんと、入ってきたのは杉本良彦《よしひこ》だった。知る人ぞ知る漫画家で、作品はアニメ化もしている。子どものころから大好きだ。

十年以上、新作を描いていなかったけれど、九月から新連載が始まるという情報をキャッチしていた。漫画雑誌の公式サイトでインタビューを受けていて、動画がアップされていた。顔がわかったのも、そのおかげだ。

「え？」

杉本先生が驚いた顔で、こっちを見た。早くも、新刊コーナーの隣にある旅行ガイドが並んだ棚に向かいかけていた。新作は、千葉県君津市が舞台だというから資料を買いに来たのかもしれない。そうであってほしいと思った。新しい作品を生み出す役に立ってほしかった。

「す、すみません。突然、お声がけしてしまって……」

慌《あわ》てて謝った。店内は空いているが、まったく客がいないわけではない。旅行雑誌を眺めていた七十代らしき男性が、訝《いぶか》しげに視線を向けてきた。他のお客さまの迷惑になってはいけない。

ただ、このまま別れるつもりはなかった。推し漫画家が目の前にいるのだ。引っ込み思案なさくらでも勇気を振り絞る。図々しくなる。

「店長の五十嵐さくらです。杉本良彦先生でいらっしゃいますよね」

自己紹介をし、念のため確かめた。見間違いや他人の空似という可能性もある。だが、その可能性はすぐに消えた。

「は……はい」

突然話しかけられて戸惑いながらも、返事をしてくれた。やっぱり本人だった。あの杉本先生が、さくらの勤める書店に来てくれた。胸が熱くなった。買い物カゴを持っているので、純粋に本を買いにきてくれたのだろう。書店回りに来るという話は聞いていないし、近くに編集者らしき人間もいなかった。

プライベートなら邪魔をしてはならないとわかっていたけれど、杉本先生に会えて嬉しかった。インタビュー動画を見て、いっそう好きになっていた。

編集者も読者も、誰もわかってくれない。こんなはずじゃなかった、と腐ってました。自分の実力のなさを棚に上げて、当時の担当編集者に八つ当たりをして、絶縁していたんです。

他社に持ち込んだりしましたが、結果が出なかった。そのうち漫画を描くことさえできなくなりました。ストーリーが思い浮かばないんです。思い浮かんでも、手が動かなかった。

野垂《のた》れ死なずに済んだのは、神林《かんばやし》ただし先生に拾っていただいたおかげです。先生のアシスタントをやっていました。先生には優しくしていただきましたが、やっぱり辛かったです。生きていることが辛かった。自分の作品を描けないことが苦しかった。自分の居場所を見つけられずに、もがいていました。

漫画家にならなければ幸せになれたのに、と毎日のように思っていました。選ばなかった人生は美しく見えますから。

自業自得だと嗤《わら》うことは容易《たやす》いが、十年の歳月は短いものではない。星の数ほどの若手漫画家がデビューし、スターになっている。自分の漫画を描けなくなって、それを見ていたのだから辛かったに決まっている。苦しくなかったはずがない。

だが、動画の中の杉本先生は穏やかな顔をしていた。ふたたび連載することが決まったからだろうか？　自分の居場所に戻ってきた安心感があるのかもしれない。漫画家は天職なのだろう。

——自分の居場所。

その言葉を嚙み締めると、ふいに涙が流れた。泣くようなことなんてなかったはずなのに、さくらの目から勝手に涙があふれてきた。

「だ……大丈夫ですか？」

杉本先生が目を丸くした。当たり前だが、状況が呑み込めないのだろう。さくらの涙を見て、おろおろしている。

――わたしは何をやっているんだろう？　どうして泣いているんだろう？

それから、こんなところで泣いてはいけない、と自分を叱った。仮にも店長なのに、勤務中に泣くなんて失態だ。杉本先生に迷惑をかけている。困らせている。

けれど涙は止まらない。胸の奥から嗚咽《おえつ》が込み上げてくる。唇を嚙んでも、泣き止むことができなかった。

どうしようもなくなって、さくらは両手で自分の顔を隠して泣いた。声を押し殺して、周囲に気づかれないように静かに泣いた。

漫画家や小説家、出版社の人間をバックヤードに入れるのは、それほど珍しいことではない。例えばサイン本を作ってもらうときには、店頭ではなくバックヤードで書いてもらうことが多い。

もちろん店員も使う。休憩や食事はもちろん、勤務中に体調が悪くなって、バックヤードで休んだこともある。じめじめした夏場は体調が悪くなりがちだ。でも、こんなふうに泣いてしまったのは初めてだった。

客やアルバイトたちに泣いていることを知られたくなくて、さくらはバックヤードに逃げ込んだ。杉本先生はそんなさくらを心配したらしく、一緒に来てくれた。

バックヤードは散らかっている。ダンボール箱がいくつも残っていたが、誰もいなかった。店に出ているのだろう。

「これをどうぞ」

杉本先生が自動販売機のあるところまで行って、温かいお茶を買ってきてくれた。ありがとうございます、と口の中で言って、そのお茶を飲むと、ようやく涙が止まった。まだ少し涙の破片が残っていたけど、いつまでも泣いてはいられない。

「……すみませんでした」

さくらは謝った。とんでもないところを見せてしまった。迷惑をかけてしまった。恥ずかしくて消え入りそうな気持ちになる。

「病院とか行かなくて大丈夫ですか？」

杉本先生に問われた。さくらの身体の心配をしてくれているのだ。そう言えば、彼がアシスタントをしていた神林ただし先生も、病気で倒れている。そのことが頭にあったのかもしれない。

「は……はい。大丈夫です」

頷きながら、ふたたび涙があふれそうになった。こんなふうに誰かに心配されたかったのかもしれない。

また、青海先生のことを思い出した。まだ若かったのに、どこか遠くに行ってしまった。『ウェルカム・ホーム！』を置いて逝ってしまった。

きっと、誰かに話を聞いてほしかったのだ。ずっと一人で生きてきて、この先もたぶん独りぼっちで、いろいろな悲しみを抱えきれなくなっていたのだろう。気づいたときには言っていた。

「本を嫌いになったのに、もう返すことができなくて」

青海先生のことも、この書店が潰れることも、書店員を辞めようと思っていることも、自分が独りぼっちだということも、実家にさえ居場所がないことも――思いつく何もかもを杉本先生に話した。

どこまで伝わったかはわからない。さくらは話し下手《べた》だ。時系列はメチャクチャで、話している内容も支離滅裂《しりめつれつ》だったと思う。

意味がわからなかっただろうに、迷惑だっただろうに、杉本先生は嫌な顔一つせずに話を聞いてくれた。最後まで口を挟まずに聞いてくれた。

さくらの話が終わると、考え込むような顔になった。何かを言うべきか言わざるべきか迷っているようにも見えた。

沈黙があった。窓の外の雨音が聞こえてくるような静寂の中で、バックヤードの時計の針が進んでいく。今どき珍しいアナログの掛け時計だ。

そろそろ売場に戻らなければ、と思いかけたとき、杉本先生がようやく口を開き、不思議な質問をしてきた。

「思い出の食べ物はありますか？」


雨音が聞こえる。

波が近い。

雨降りの砂浜には、さくらしかいない。目の前には内房の海があるけれど、雨のせいで、ひどく濁って見える。鉛みたいな色をしていた。

杉本先生に会った翌週、さくらはちびねこ亭に向かって歩いていた。仕事を休んだわけではない。午後二時から遅番のシフトが入っていた。予約したのは朝ごはんだから、余裕で間に合うだろう。

「……バカみたい」

呟いた声は、雨音に吸い込まれた。自分で言ったのに、何をバカみたいだと思っているのかもわからなかった。

書店員を辞めると決めたのに、シフトを気にしていることだろうか？　死者と会える食堂に行こうとしていることだろうか？

あのとき、潰れかけた書店のバックヤードで、杉本先生はこんなことを言った。

思い出ごはんを食べると、大切な人と会うことができるんです。

死んだ人間と話すことができる場所なんです。

思い出ごはんというのは、陰膳のことらしい。本で読んだ程度の知識だが、知っていた。

陰膳は、古くから日本の仏教において行われてきた風習だ。もともとは旅に出ている家族や遠方に住む家族のために、無事を祈って供える食事のことだ。古くから行われてきた風習であり、日本最古の書物である『古事記《こじき》』にも登場している。

また、法事や法要のときに、故人のために用意する食事を「陰膳」と呼ぶことがある。ちびねこ亭で供される思い出ごはんは、こちらの意味のようだ。そして、それを食べると死者と会うことができる。杉本先生は、はっきりそう言った。話すことができると言った。

「まさか」

何度も呟いた。ここまで来たくせに呟いた。あり得ない話だ。けれど杉本先生が嘘をついているとも思えないし、他人をからかうような人柄にも見えなかった。

ちびねこ亭の電話番号を教えてもらい、半信半疑のまま電話すると、若い雰囲気の男性が出て、ちゃんと予約を取ることができた。さくらの話も聞いてくれた。悪い印象は受けなかったが、詐欺師はそういうものなのかもしれない。疑われては、人を騙《だま》すことができない。

「まあ、いいや。行ってみればわかるし」

考えることが面倒くさくなって、投げやりに砂浜を歩いた。六月の雨を含んだ海辺は足が沈んでいきそうで、ずぶずぶと音が鳴った。

もう十年以上も君津市で暮らしているが、勤め先とアパートを行ったり来たりしているだけで、ろくに散歩をしたこともなかった。海を見に行こうだなんて思ったこともないし、外食もしないから飲食店もほとんど知らない。『ちびねこ亭』という名前も初めて聞いた。

電話で教えられた住所は、驚くほどさくらの住んでいるアパートから近かった。君津駅に行くより近いくらいだ。安物のビニール傘を差して小糸川沿いの道を歩いていくことにした。

『ウェルカム・ホーム！』の入ったカバンを肩に斜めにかけて重い砂浜を進んでいくと、ふいに、二つの赤い傘が現れた。母娘《おやこ》は小さな女の子と母親だろうか。寄り添うような白い影が、こっちに向かって歩いてきた。小さく会釈をして、さくらの横を通りすぎていった。その姿は、最後まではっきりと見えなかった。

そのあとは誰ともすれ違わず、人影すら見なかった。

やがて、白い貝殻を敷いた小道に出た。青いあじさいの花が脇に咲いている。見事なまでに青一色だった。

「へえ。本当に青いんだ」

独り言を呟いた。あじさいの花の色を手がかりに、殺人事件を解決する推理小説を読んだことがあって、そのときに調べた知識だ。

あじさいが何色の花を咲かせるかは、土壌のpH《ペーハー》（酸性度またはアルカリ性度を表す指数）に関連していると言われている。つまり、土壌のpHによって変化する。土壌が酸性であれば青色に、アルカリ性であれば赤色に近くなる。海辺の土壌は、基本的にアルカリ性であるため赤い花が咲きやすいが、河川の近くにある海辺の土壌はpHが低いため、青や紫の花を咲かせるあじさいが生育する可能性があるという。

「だから何だって言うの？」

自分に突っ込んだ。本をたくさん読んで雑学を山のように貯《た》め込んでも、何の役にも立ちはしない。探偵にはなれないし、勤めている書店は潰れかけている。ドヤ顔で蘊蓄《うんちく》を披《ひ》露《ろう》する恋人や友達もいない。ずっと独りぼっちで、居場所もないままだ。

「本なんて読んでも意味ないから。いくら読んでも無駄だから」

呟いた言葉は、雨音に紛れて消えた。さくらは歩く。安物のビニール傘からはみ出した肩が、すっかり濡れていた。


鮮やかに咲くあじさいの花から目を逸らすように視線を動かすと、白い小道の先にヨットハウスのような青い建物が見えた。

あじさいの花と似た色をしていた。周囲に他に建物はなく、電話で教えられた場所から考えても、あれがちびねこ亭だろう。

「着いちゃったみたいね」

重い気持ちが言葉に出た。気が進まないまま、目的地に着こうとしている。義務的に両足を交互に動かして歩み寄ると、看板代わりの黒板が置いてあった。雨を避けるためだろう。青い建物の屋根の下に立て掛けられている。カフェなどの飲食店でよく見かける、A型看板と呼ばれるスタンドタイプのものだった。さくらの勤める書店でも、イベントや新刊案内に使うことがあった。

青い建物の前に置かれた黒板には、白いチョークで文字が書かれている。

ちびねこ亭
思い出ごはん、作ります。

その他にも文字が見える。同じ白チョークを使って、小さく注意書きが加えられていた。

当店には猫がおります。

それから、子猫の絵もあった。文字も絵も柔らかで、女性が描いたもののように見えたが、それはさくらの想像にすぎない。

その他には、何も書かれていない。メニューの類《たぐい》は見当たらず、電話番号も営業時間も記されてなかった。一番目立っているのは、子猫の絵だ。

看板として機能していないように見えるが、場所が場所だけに、たまたま通りがかって食堂に入る者はいないのかもしれない。予約客しか相手にしていない雰囲気もあった。

「それでやっていけるのかしら」

勝手に余計な心配をしていると、黒板の裏側から鳴き声が上がった。

「みゃあ」

のぞき込むと、可愛らしい茶ぶち柄の子猫がいた。犬のお座りにも似た座り方――エジプト座りをして、さくらを見ている。

どこの猫なのか聞かなくてもわかる。雨に濡れていないし、食堂の入り口の扉が薄く開いている。何より黒板の絵にそっくりだった。

「このお店の猫さんね。外に出たら危ないよ」

傘を差したましゃがんで、子猫に説教を始めた。自動車やバイクが通らないところでも、何が起こるかわからない。危ないのは交通事故だけではないのだ。カラスなどの獰猛《どうもう》な野鳥に襲われる可能性だってあるし、迷子になってしまうことだって絶対にないとは言えない。

「お家に帰れなくなっちゃうんだよ」

「みゃ」

返事をしたが、反省しているようには見えなかった。とことこと近づいてきて、さくらに背中を擦《こす》りつけてきた。

猫がこんな仕草をするときは、愛情や信頼を示し、人間とのコミュニケーションを取ろうとしている場合があるという。さくらと仲よくなろうとしてくれているのだろうか？

子猫の背中は温かく、もふもふとしている。さくらは猫好きだった。猫という存在は、何もかもが可愛らしい。子猫に懐かれて顔がほころびそうになったけれど、ここは甘い顔を見せずに、ちゃんと言い聞かせないとならない。

「外に出ちゃダメなんだよ」

厳しい声で言ったが、子猫は聞いていない。背中を存分に擦りつけてから、さくらの右足にしっぽを巻き付けている。この仕草も、親愛の情を示すものだと言われている。ダメだ。可愛すぎる。愛らしい子猫を厳しく叱ることなんて、自分にはできない。絶対に無理だ。

「飼い主は何をしているのよ。こんな小さな子を外に出すなんて――」

矛先《ほこさき》を人間に向けたときだった。誰もいなかったはずの空間から、謝罪の言葉が返ってきた。

「……申し訳ありません」

人間の、それも若い男性の声だ。大急ぎで顔を上げると、女性用にしか見えない華奢な眼鏡をかけた青年が立っていた。さくらより一回りは年下だろうか。長袖のワイシャツを着て、黒いパンツを穿《は》いている。真面目そうな顔立ちだ。さくらに頭を下げている。

青年は濡れておらず、傘を持っていないところから見て、この青い建物から出てきたのだと推測できた。入り口の扉に目をやると、薄く開いていた。

「ケージを購入したのですが、すぐに壊れてしまったんです」

青年は言った。子猫を外に出したことの言い訳のようだ。聞いてもいないのに、新しいケージを注文した、とまで言い出した。

しゃがんでいるのもおかしいので、さくらは立ち上がった。すると子猫が抗議するように、「みゃ」と鳴いた。不満そうな顔をしている。せっかく、しっぽを絡みつけていたのに、と言わんばかりだ。

「外に出てはダメだと言いましたよね。どうして、いつも言うことを聞かないいんですか？」

青年が猫相手にお説教を始めた。本気で叱っているようだが、言葉遣いが丁寧なので怖くない。子猫も怖がっている様子はなく、退屈そうにしっぽを小さく振っている。

「だいたい、あなたは――」

ため息交じりに続ける。長くなりそうだった。お説教が終わるまで待っていようかとも思ったけど、予約の時間が迫っている。ここまで来ていて遅刻するのもバカバカしい。さくらは控え目に口を挟んだ。

「あの……」

これだけで通じたようだ。青年が、はっとした様子でこっちを見た。それから姿勢を正し、礼儀正しくお辞儀した。

「大変失礼いたしました。ちびねこ亭の福地櫂と申します。五十嵐さくらさまでいらっしゃいますね。お待ちしておりました」

予約の電話をしたときに聞いた声と一緒だ、と今さら気づいた。あのときも礼儀正しく丁寧だった。

そして、さくらは丁寧に扱われることに慣れていない。アニメに出てくる執事みたいな物腰の青年に、どう返事をすればいいのかわからなかった。でも黙っていることもできないので、間の抜けた挨拶を返した。

「は……はい。五十嵐さくらです。よろしくお願いします」

青年――福地櫂に倣ってお辞儀をしていると、カランコロンと軽やかな音が聞こえた。

それは、ドアベルの音だった。

ただ鳴らしたのは、福地櫂ではない。子猫が扉の隙間を押し広げるようにして、食堂に入っていったのであった。振り返りもせず、青い建物の中に歩いていった。

ちびねこ亭は、居心地のいい店だった。さくらの好みに合っていた。丸太小屋のように木で作られていて、建物自体にぬくもりがある。掃除も行き届いている。

ちなみに、福地櫂の他に店員の姿はなく、客もいない。思い出ごはんを供しているあいだは、食堂に他の客を入れずに貸し切り状態にすると聞いていたが、本当みたいだ。がらんとしている。

「こちらのお席でよろしいでしょうか？」

と案内してくれたのは、窓際の席だった。四人がけのテーブルはゆったりとしていて、大きな窓からは東京湾が見えた。雨が降っているせいで視界が悪いのは残念だけれど、十分にいい席だ。白い貝殻の小道やあじさいの花が、すぐそこに見える。

この店で一番いい席ではなかろうか。どの席でもよかったが、ここでも文句はない。

「はい」

返事をすると、福地櫂が椅子を引いてくれた。物静かで丁寧で、一流ホテルのウエイターみたいだ。

彼と初めて会ったときにドアベルの音を聞かなかったのは、音が鳴らないようにドアベルを押さえて、扉を開けたからなのかもしれない。余計な音を立てないように心がけている人間はいる。さくらもそうだった。仕事のときだけでなく、普段から音を立てないように気をつけている。

そんなことを考えていると、可愛らしい声が聞こえた。

「みゃあ」

茶ぶち柄の子猫が大欠伸をしていた。さくらより一足早く、店内で落ち着いている。壁際に安楽椅子が置いてあり、そこが子猫の居場所のようだ。すぐ近くに年代物の柱時計があって、チクタク、チクタクと時を刻んでいる。『大きな古時計』の歌が思い浮かんだ。

さくらが子猫と古時計を見ていると、福地櫂が茶ぶち柄の子猫を紹介してくれた。

「紹介が遅れて申し訳ありません。当店の看板猫のちびです」

「みゃ」

茶ぶち柄の子猫——ちびが面倒くさそうに鳴いた。挨拶をしたつもりなのかもしれないけれど、すでに眠気に負けかけている。こっちを見もせず、安楽椅子の上で丸くなってしまった。

雨の日は、猫はよく眠る。普段もよく寝る動物ではあるが、雨が降るといっそう寝てばかりいるという。低気圧や湿気に弱いから起きていられない、という説もあるらしい。さくらも低気圧は苦手だった。頭がぼんやりとする。

福地櫂の子猫の紹介は、あっさりと終わった。

「それでは、ご予約いただいた思い出ごはんをお持ちいたしますので、少々お待ちくださ い」

そして、ふたたび丁寧にお辞儀をすると、キッチンらしき場所に入っていった。

さくらは、初めて訪れた食堂で一人になった。窓の外では、しつこく雨が降り続けている。天気予報によると、今日一日雨降りみたいだ。


ぼんやりとした時間が流れていく。

ちびねこ亭は静かで、雨音と猫の寝息くらいしか聞こえない。海がこんなに近くにあるのに、波の音さえ遠かった。太陽が出ていないせいで、窓の外の景色は暗く沈んでいる。あじさいの花だけが鮮やかに見えた。

時間を持てあましてスマホを手に取ると、仕事のＬＩＮＥが入っていた。このあいだ、木更津店にやって来た本部の近藤からだった。

——本日そちらにお手伝いに伺います。

メッセージはこれだけだった。本部の人間が、店舗に顔を出すのは珍しいことではない。だが実際に手伝ってくれることは滅多《めった》になく、売場のディスプレイや接客態度に文句をつけるだけだ。もちろん全員がそうではないが、あの覇気《はき》のなさそうな近藤が手伝ってくれるとは思えない。きっと、売り上げが悪いと言いに来るだけだろう。

「……もう、どうでもいいけど」

辞めるんだから、どうでもいい。どうでもいい。どうでもいい。呪文のように唱えながらスマホをカバンに戻し、テーブルに視線を落とした。顔を上げていることに疲れてしまったみたいだ。

そして、そのままじっとしていた。ずっとそうしていた。

何もしていないと、時間の流れがわからなくなる。このときも長い時間が経ったように思えたが、実際には十分くらいのことだったのかもしれない。

「お待たせいたしました」

穏やかな声とともに、福地櫂がキッチンから出てきた。丼を載せたトレーを持っていて、温かそうな湯気が立っている。その湯気と一緒に、ラー油のにおいがテーブルまで届いた。

青年は足音を立てずにやって来ると、トレーごと丼を置いた。さくらは、丼をのぞき込んだ。

真っ赤なスープに白ネギの千切りが山のように盛られていて、厚切りのチャーシューや中華麺が見える。玉ねぎのみじん切りと挽き肉を炒めた具材も入っていた。二十年前の記憶が鮮明によみがえる。あのときに食べたものと、そっくりだった。

できあがったばかりの食事から目を離せなかった。不思議なほど、記憶の中のラーメンに似ていた。

「勝浦市のタンタンメンを真似たものです」

ちびねこ亭の主《あるじ》が、さくらの思い出ごはんを紹介した。


勝浦タンタンメンは、千葉県の南東部に位置する勝浦市のご当地ラーメンだ。もともとは、海女や漁師が寒い海仕事のあとに、冷えた体を温めるために食されていたと言われているが、現在では、カップラーメンが発売されていたりと、全国的な知名度がある。

ちなみに、『勝浦タンタンメン』という名称は商標登録されており、許可を得ずに使用することはできないし、紛らわしい名称を使うことも許されていない。だから、福地櫂は言い方に気を使ったのだろう。

ただ、さくらが食べたのは二十年も昔のことだ。そのころ商標登録されていたかは定かではなく、正規店で食べたのかも記憶になかった。青海先生のお見舞いに行った帰りに、名前も忘れてしまった小さなラーメン屋で食べたことくらいしかおぼえていない。辛《かろ》うじて辛《から》かった記憶が残っていた。

「お腹が空いていたら、食べて帰るといいわ」

青海先生がそう言って、教えてくれた店だった。すごく美味しいから、と先生は言っていた。地元では有名な店だったのかもしれない。

「手術が終わって退院したら、一緒に食べにいきましょう」

「は、はい。そのときは、ご馳走します！」

勢い込んで答えた。退院祝いのつもりだったが、先生に笑われた。

「中学生の教え子に奢《おご》ってもらうわけにはいかないわよ。そんなことをしたら、問題になっちゃうから」

それはそうなのかもしれない。世間知らずなことを言ってしまったと反省していると、青海先生が続けて言った。

「五十嵐さんが大人になったら奢ってもらおうかしら。だから、今回は割り勘にしましょう」

その約束は果たされなかった。一緒にラーメンを食べることなく、先生は天国に行ってしまった。

「温かいうちにお召し上がりください」

福地櫂にすすめられ、さくらは素直に頷いた。

「いただきます」

両手を軽く合わせてから、丼を引き寄せた。

一般的なタンタンメンの場合、ごまと芝麻醤《チーマージャン》がふんだんに使われているため、特徴的なごまの香りがする。

だが勝浦タンタンメンは、ごまベースではない。店によって違いはあるだろうが、さくらの知っているラーメンは醬油ベースだ。そこにラー油が加えられている。ごまと芝麻醤は使われていなかった。

福地櫂の作ったタンタンメンからも、醬油とラー油のよい香りが湯気と一緒に立ちのぼっている。忘れてしまったと思っていた二十年前の味の記憶が、湯気を見ているうちによみがえってきた。あのときに食べたタンタンメンも、こんなにおいだった。こんな見かけだった。

さっそく味を見る。真っ赤なスープをレンゲですくい、軽く冷ましてから口に運んだ。

とんでもなく辛そうだし、実際に辛いのだが、具材の玉ねぎのみじん切りのおかげで口当たりがいい。野菜の甘みが感じられる。コクがあって、味に深みがあった。食欲をそそる味だ。

次に麺を箸で摘《つ》まんだ。縮れ細麺が使われていて、スープがよく絡んでいる。玉ねぎのみじん切りや挽き肉も一緒に絡んでいた。

麺に載せられた分厚いチャーシューは十分に煮込まれていて柔らかく、食べると舌の上で溶けるようだった。肉汁があふれそうなくらいジューシーで、醬油ベースのスープとも相性がいい。

「ふー」

箸を持ったまま、小さく息を吐いた。それほどまでに美味しかった。身体が温かくなった。それほど空腹だったわけでもないのに、夢中でタンタンメンを食べた。

ただラー油のせいで、舌がぴりぴりする。さくらは水を飲もうと、いったん箸を置き視線を上げた。そして、ぎょっとした。

世界が変わっていた。

○

真っ白だった。さくらを取り巻く空間が、ドライアイスを焚いたみたいに霞《かすみ》がかっている。

〝……霧？〟

誰に問うわけでもなく呟いた声は、なぜかくぐもっていた。喉か耳がおかしくなったのかと思ったけれど、身体の不調とは違う気がする。眠れない夜に襲われることがある息苦しさもなかった。

〝それじゃあ、いったい？〟

明らかに異変が起こっている。核戦争が起こって、世界に終わりが訪れたのだろうか？あるいは、人類を滅ぼすような新しい感染症の始まりか？

〝まさか〟

打ち消したものの、自信がなかった。核戦争も感染症も起こり得る。実際に、この世界ではいろいろなことが起こっている。

急に怖くなって、とりあえず福地櫂に声をかけようとした。しかし、どこにもいなかった。さっきまで近くに立っていたはずなのに、青年の姿が見えない。

〝す、すみません！　福地さん、どこですかっ⁉　どこにいるんですかっ⁉〟

大声で叫んだけれど、返事はなかった。さくらの声は、誰にも届かなかった。キッチンも静まり返っている。

〝……どうしよう？〟

ますます途方に暮れた。はっと気づいてスマホを手に取ったが、誰かに連絡することはできなかった。いつの間にか圏外になっていたのだ。福地櫂も、電波も消えてしまった。

悲鳴を上げそうになったとき、優しい声が聞こえた。

〝みゃん〟

それは、眠っていたはずの子猫の声だった。やっぱり声はくぐもっている。安楽椅子の上に四つ足で立ち、入り口のほうを見ていた。じっと見ている。

自分以外に生き物がいることに――独りぼっちじゃないことに、ほっとしたが、茶ぶち柄の子猫の視線が気になった。

〝どうかしたの？　あそこに何かいるの？　ねえ、福地さんはどこに行ったの？〟

猫に聞いても返事がないとわかっていたが、矢継《やつ》ぎ早《ばや》に尋ねた。聞かずにいられなかった。

するとちびがこっちを見て、小さく頷くような仕草を見せた。その瞬間のことだった。

カラン、コロン。

ドアベルが鳴った。入り口の扉が開き、湿った空気が流れ込んできた。しとしとと降り続く雨の音が大きくなる。

――客が来たのだろうか？

霧と雨のせいでよく見えなかったが、目を凝らすと人影が浮かび上がった。クリーム色の傘を差した白い影が、ちびねこ亭の前に立っている。

女性らしいということはシルエットでわかったけれど、ハレーションを起こしたみたいにぼやけていて、顔がよく見えない。ただ髪が長くて、すらりとしていた。

〝みゃあ〟

ちびがシルエットに話しかけるように鳴くと、白い影が傘を畳んだ。そして食堂の外に立て掛けてから、ちびねこ亭に入ってきた。

まだ人の形をしているだけの影にすぎなかったが、さくらには、誰がやって来たのかわかった。わからないはずがない。この女性に会うために、ちびねこ亭を訪れたのだから

――。

雲の中にいるみたいに霧が立ち込めている食堂を歩き、白い影がテーブルのそばまでやって来た。ここまで近づいても顔は見えない。目鼻のない仮面を被っているようにも見えるが、少しも怖くなかった。世界が終わってしまったのかと怯えていたのが嘘みたいに、さくらは落ち着いていた。

〝座ってもいい？〟

くぐもってはいるけど、やっぱり知っている声だった。記憶の中の声と同じだ。その声を忘れていなかった。

――青海先生の声だ。

二十年経っても、ちゃんとおぼえている。現れたのが先生なら、返事は一つしかない。さくらは顎を引きながら答えた。

〝もちろんです〟

〝じゃあ遠慮なく〟

白い影がそう言って、さくらの正面の席に腰を下ろした。その瞬間、白い影が青海先生の姿になった。先生の顔が見えた。

今のさくらと同じくらいの年齢だろうか？　中学の図書室で最後に会ったときのままの

先生が、そこにいた。白いワンピースを着ている。二十年前と変わらず綺麗で、背筋が伸びていた。

〝久しぶりね〟

〝はい〟

先生と生徒の会話は、そこで途切れた。この年齢になっても、客商売のくせに、さくらは口下手だ。青海先生も余計なことを話さない人だった。

誰も来ない食堂は、学校の図書室のように静かだった。あのころと同じように雨音が聞こえる。窓の外では、あじさいが咲いている。

何も話さないまま何十秒かが経過し、タンタンメンの湯気が少し薄くなった。あんなに熱々だったのに、早くも冷め始めている。

すると、それを見て青海先生が言った。

〝わたしに用事があるのなら、早く話したほうがいい。もう、あまり時間が残っていないみたいだから〟

その言葉を聞いた瞬間、頭の中に浮かんだ文章があった。

奇跡の時間は、永遠には続かない。

死者がこの世にいられるのは、思い出ごはんが冷めるまで。

何かの本の一節だろうか？　思い出ごはんが出てくる物語など読んだ記憶がないのだが、浮かび上がった文章は鮮明だった。青海先生が続ける。

〝仏壇やお墓に線香を上げるのは、その煙が死者の食事になるからだって知ってるよね〟

線香の香りは、あの世にいる死者の霊魂に届くと信じられている。これによって死者は安らぐと考えられているのだ。

〝たぶんだけど、思い出ごはんもそれと同じ理屈かな〟

青海先生の説明はわかりやすかった。おぼろげながらだが、この不思議な現象を理解することができた。

つまり、死ぬとこの世のものは食べられなくなる。湯気やにおいが、食事になるということだ。だから冷めてしまえば湯気は消えて、死者の食事も終わる。そして、青海先生はあの世に帰ってしまい、たぶん二度と会うことはできない。さくらが死ぬまで、きっと会えない――。

さくらは慌てた。早く話さなければならない。時間はすぐに経ってしまう。自分に与えられている時間は、そう多くはないのだから。

〝先生にお借りした本を——『ウェルカム・ホーム！』を返しにきました〟

さくらはカバンから単行本を取り出し、青海先生の前に置いた。頭の中では、二十年前に言われた台詞が響いていた。

あなたが本を嫌いになったら返して。

それに応えるように、胸の奥から自分への疑問が湧き上がった。無視することのできない声が聞こえる。

本当に嫌いになったのだろうか？

上手くいかない人生を、独りぼっちの生活を、勤めている店が潰れてしまうことを、本のせいにしているだけではないのか？

『ウェルカム・ホーム！』には、二十年分の歳月が積み重なっていた。表紙は色褪せて、手垢も付いている。

この二十年間にあったことを思い出す。教室で孤立していた記憶、異性を好きになったが告白もできなかった記憶、自分の居場所が見つからず不安で眠れなかった夜の記憶。

寂しいことばかりだったけれど、それでも生きてこられたのは、この本があったからだ。泣きたくなることがあるたびに、『ウェルカム・ホーム！』を開いた。壊れそうな自分を支えてもらった。

〝いい本よね〟

青海先生の声が聞こえた。さくらがテーブルに置いた本を手に取っていた。消えかかっている死者が触れたからだろうか。『ウェルカム・ホーム！』が、ほんの少しだけ透明になった。

〝悪い本なんてないけど〟

先生が呟くように言い、さくらは唇をぎゅっと噛んだ。そうしなければ泣いてしまいそうだった。すでに涙があふれかけていて、何もかもが滲んで見えた。霧のせいで真っ白になっている世界が歪んで見える。

これでやっと、本を返すことができたのに——書店員を辞めることができるのに、我慢できないほどの悲しさに襲われた。本を棚に並べる自分の姿、その本を買っていくお客さまの姿が思い浮かんだ。本を紹介した記憶もある。

入院している娘のために絵本を選ぶ父親がいた。さくらは一緒に選び、退院したときには顔を出してくれた。入院していたのは小学生の女の子で、その女の子のお兄ちゃんまでが一緒に書店に来て、さくらにお礼を言った。ありがとうございます、ありがとうございます、と声変わりしかけた声で繰り返した。

定年退職後の夫婦が旅行雑誌を買いに来たこともある。病院で妻が余命宣告を受けて、最後の時間を二人ですごそうと旅行を計画していると笑顔で言っていた。大切な時間の一部を割《さ》いて、書店に来てくれたのだ。悲しいだろうに、辛いだろうに笑っていた。

ぽたぽたと涙がこぼれる。十年も前の記憶もあるのに、いまだに泣いてしまう。思い出してしまう。

さくらの紹介した本が、誰かの支えになる。笑顔になる。自分は幸せになれないかもしれないけど、誰かを幸せにすることはできる。みんな、本のおかげだ。たくさんの本を読んできたから紹介することができた。

〝先生……〟

言葉に詰まった。けれど、それで通じた。ほとんど見えなくなった先生が、消えかけている『ウェルカム・ホーム！』をさくらの前に置いた。それから、あのときと同じ口調で言った。

〝もう少し貸してあげる。あなたが本を嫌いになったら返して。たぶん、ずっと、あの世にいるから〟

よく見えないはずなのに、青海先生が微笑んでいるとわかった。きっと、優しく笑っている。手のかかる教え子に笑顔を見せてくれている。

〝……ありがとうございます〟

言うことのできた台詞は、それだけだった。さくらは泣きながらテーブルに置かれた本を手に取り、そっと抱き締めた。

すると、消えかかっていた『ウェルカム・ホーム！』がもとに戻り、青海先生の気配が目の前から消えた。

〝みゃん〟

ちびが入り口の扉に向かって鳴くと、ドアがゆっくりと閉まった。カラン、コロンと鳴った音は、もうくぐもっていなかった。

○

ちびねこ亭をあとにして、勤務先の書店に行った。シフトの入っている三十分前に着いた。駅前のカフェでコーヒーを飲んでから出社してもよかったが、その気になれなかった。

一秒でも早く本のある場所に行きたかった。先生と別れてから、ずっと同じことを考えていた。

――久しぶりに自分のために本を買おう。

小説はもちろん、絵本や旅行雑誌も買ってしまおう。この機会に、ずっと気になっていた神林ただし先生の作品も大人買いするつもりだった。この時間、客はほとんどいないはずだった。

けれど本を買うことはできなかった。棚に辿り着くどころか、店に入るなり声をかけられた。

「お疲れさまです」

覇気も抑揚《よくよう》もない声で挨拶された。さくらは、この無気力とも思える声の主を知っていた。

「近藤さん……」

名前を呟いた。そこにいたのは、本部の近藤だった。すっかり忘れていたが、そう言えば、手伝いに行くとＬＩＮＥが入っていたっけ。

本部の人間が店舗にいるのは、珍しいことではなかった。事前の連絡なしで訪れることだってある。

だが、さくらは目を丸くしていた。近藤がワイシャツの袖をまくり上げて品出しをしていたからだ。かなり前からやっていたらしく、額に汗をかいている。本当に手伝ってくれているのだ。

「今日はコミックスが多いですね。でも、もう少しで一区切りつくので、やっちゃいます」

さくらにそう断り、新刊コミックスを並べる作業に戻った。木更津店の棚を熟知しているらしく、動作に迷いがない。ぼそぼそとした話し方とは裏腹に、動きは機敏《きびん》だった。まだ勤務時間前だが、本部の人間に任せておくわけにはいかない。見れば、アルバイトたちも、さくらと近藤を気にしながら忙しげに働いていた。さくらは急いで言った。

「わたしもやります。すぐ着替えてきます」

バックヤードに向かいかけたところで、床がピカピカに磨き上げられていることに気づいた。なるべく綺麗にしようと心がけてはいるが、ここまで念入りに掃除した記憶はなかった。足を止めて、品出しを続ける近藤の背中に聞く。

「床の掃除もしてくださったんですか？」

「いえ。それはアルバイトの皆さんの仕事です。勤務時間前に来て、掃除をしていました」

「え……？」

さくらは、またしても驚いた。もしかすると、びっくりしすぎて怒ったような声になっていたのかもしれない。近藤が品出しの手を止めて、こっちに向き直り、直立不動の姿勢になった。そして謝り始めたのだった。

「申し訳ありません。相談されて、わたしが勝手に許可を出しました。店長がいらっしゃるまで待つべきでした」

アルバイトたちを庇《かば》っていた。さくらが叱ると思ったようだ。確かに、時間外に働かせるのは好ましくない。のちに問題になることもある。けれど気になったのは、そこではなかった。

「どうして急に……」

本部の人間が品出しをしたり、アルバイトが勤務時間外に床掃除をしたりしているのだろう？

「木更津店を潰さないためです。わたしも、アルバイトの皆さんも、できることから始めたんです。棚を作ることも、床を掃除することも、お客さまの満足度を上げる結果につながるのではないでしょうか」

近藤が答えた。間違ったことは言っていないし、その内容は前向きなものなのに、抑揚のない話し方のせいで無気力に聞こえる。

　こういう人なんだ、とようやくわかった。やる気がないわけじゃないんだ、と今さら近藤を見直し、そして反省した。自分だって感情を表に出すことが苦手なくせに――他人と上手くコミュニケーションが取れないくせに、近藤の話し方や表面だけ見て、やる気のない人だと決めつけていた。

　そう思いながら改めて近藤に目をやると、ふいに、過去に彼と会ったことがあるような気がした。本部の人間としてではなく、遠い昔に話したことがあるような――。

「売り上げが増えれば、本部の方針も変わります。多くの利益を出している店舗を潰す余裕なんてないですから」

　近藤がそんなふうに続けた。テナントの契約もあるので、そこまで簡単な話ではないと思うが、売り上げによって方針が変わるのは珍しいことではない。

「そうかもしれないですけど……。ええと、でも、どうして？」

　質問を重ねずにはいられなかった。どうして、近藤がこんなに一生懸命になってくれるのかわからなかった。本部の人間として店舗の利益を出そうとするのは当然だが、それだけではないような気がした。絶対に木更津店を潰さないという強い意志さえ感じられた。

　すると、近藤が意味のわからない単語を口にした。

「恩返しです」

「はい？」

聞き間違いかと思って聞き直すと、近藤は少し躊躇うような顔をしてから、さくらの疑問に答えた。

「もう十年も前のことですが、入院中の妹のために、店長に絵本を選んでもらいました。その妹の兄です」

「あ……」

さくらは口に手を当てた。どこかで会ったような気がしていたのは、気のせいではなかった。ちびねこ亭で思い出したばかりの少年だ。あのときの少年が、近藤だったのだ。名乗られるまでわからなかった。当たり前だけど、声変わりもして、すっかり大人になっている。

言ってくれればよかったのに、と思いもしたけれど、近藤とちゃんと話す機会などなかった。さくらのほうが避けていた。その証拠に、ＬＩＮＥも返していない。

「妹さんはお元気ですか？」

おそるおそる聞くと、近藤が真顔で答えた。

「はい。おかげさまで元気すぎるほどに元気です」

「よかった」

ほっとした。入院していたあの女の子が元気で大きくなったと思うと、目頭《めがしら》が熱くなる。しかも続きがあった。

「今は、専門学校に通っています。絵本作家を目指しているんです。いつか、この店に自分の本を置いてもらうのが夢だそうです」

「そ……そうなんだ……」

頷くのがやっとだった。だって、こんなの反則だ。絶対に、さくらを泣かせにきている。鼻の奥がツンとしたけど、奥歯を噛み締めて我慢した。

何度も店で泣くわけにはいかない。店長の沽券《こけん》にかかわる。アルバイトたちに笑われてしまう。

笑われたことなどないのに、そう思っていると、近藤がまた言った。

「妹より先に夢を叶えた人もいるみたいですが」

「え？」

さっきから聞き返してばかりだ。近藤の話は、先が読めない。

「ちょっと待っていてください」

そう告げるなりバックヤードに入っていき、一分もしないうちに戻ってきた。どうやら私物を取ってきたらしく、一冊の文芸誌を持っている。それを開き、さくらにあるページを見せた。

「この人です」

そこには小説が掲載されていて、挿絵が描かれていた。傘を差して歩いている母娘のイラストだった。あじさいの絵も描かれている。

小さなモノクロの絵だったが、さくらは目が離せなかった。イラストレーターの名前が載っていたからだ。彼の名前があった。

長里《ながさと》颯太《そうた》

「木更津店でアルバイトをしていた人ですよね」

近藤はそんなことまで知っていた。普段読んでいる文芸誌で、たまたまその名前を見つけたとも言った。

さくらは返事ができない。どこかに消えてしまったと思っていた青年の名前をじっと見つめていた。

消えてなんかいなかった。長里颯太は、前に進んでいた。そして、この書店に戻ってきてくれた。

――おかえりなさい。

さくらは声に出さず呟いた。泣かないと決めたのに、涙があふれた。とうとう泣かされてしまった。

アルバイトたちが心配そうに、こっちを見ている。何か文句を言われたと思ったらしく、近藤を睨《にら》みつけている者さえいた。店長の沽券も、あったものじゃない。けれど涙は止まらなかった。

ちびねこ亭特製レシピ

勝浦市のタンタンメン

材料（２人前）

中華麺　２人分
好みのスープ（市販品で可）　２人分
豚挽き肉　100グラム
玉ねぎ　1/2個程度
長ねぎ　適量
にんにく　適量
ラー油　適量
ごま油　適量
醤油　適量

作り方

1　にんにく、玉ねぎ、長ねぎを粗くみじん切りにし、ごま油で豚挽き肉と一緒に炒める。
2　１にラー油を加えて辛さを調整する。好みで醤油を加えても可。
3　ラーメン丼に、スープとゆでた麺を入れて、２をかける。

ポイント

こだわる場合には、『かつうら商店オンラインショップ』より生麺など正式商品をお取り寄せの上、ご使用ください。

野良猫と黄金アジのフライ

ＪＲ内房線

ＪＲ千葉駅を出て、東京湾沿いに房総《ぼうそう》半島を南下し、太平洋沿岸の安房鴨《あわかも》川《がわ》駅に至る千葉県の主要路線のひとつです。

千葉駅から木更津駅間の沿線は、海と関係の深い町並がならぶ巨大なベッドタウン。

そして東京湾岸には巨大な京葉工業地帯が広がっています。

（京葉銀行ホームページ・地域向け情報冊子『鉄道で行く千葉』より）

六十歳という年齢を、どう受け止めればいいのかわからない。昔なら老人だろうが、人生百年の現代ではまだ若い。少なくとも、晩年というイメージはないだろう。人によっては、まだ第二の人生さえ始まっていない。人生の折り返し地点の手前という印象さえある。

学校教材の出版・販売を主な事業内容とする出版社に勤務する秋吉永一《あきよしえいいち》は、還暦を迎えようとしていた。あと一年——つまり、来年の春には定年退職を迎えるが、六十五歳までは雇用延長できる。

ちなみに、たった一人の家族である妻の歩子《あゆこ》も同い年だ。彼女は高校時代の同級生だった。夫婦ともに千葉県君津市の生まれだが、仕事の関係から東京で暮らしている。妻は、都下にある信用金庫に勤めていた。こちらも希望すれば、六十五歳まで働くことができるようだ。

二人のあいだに、子どもは生まれなかった。寂しく思うこともあるが、どうしようもないことだ。

「老後は、君津市でゆっくり暮らしましょう。お墓参りをして、小糸川沿いを散歩したいわ」

何年も前から——もう子どもを望めないとわかったころから、妻はそんなふうに言うようになった。六十五歳まで働いて、そのあとは故郷に帰ろうという話だ。

異存はなかった。歳を取ると故郷が恋しくなるものだし、永一の生家がそのままになっていた。両親はとうの昔に他界し、空き家になっていた。取り壊して売ることも考えたが、面倒な上に、たいしたお金にならないようだから放っておいた。幸いなことに、耐震工事もしてあって、取り壊さないと危ないほどの状態ではなかった。

そこで暮らせばいい、と夫婦で決めたのだ。空気を入れ換えるくらいで手入れをしていないので、大規模なリフォームが必要になるだろうが、それも楽しみのうちだ。

ただ一つだけ、心に引っかかっている人間——男がいた。四十年以上も会っていないのに、永一は忘れることができない。もう会うこともできないのに、ずっとおぼえていた。

その男の名前は、森村《もりむら》道《みち》生《お》という。永一や歩子と同じ高校に通っていた。親友だ。いや親友だった。

○

高校時代、永一たち三人は写真部に所属していた。今はどうなのかわからないが、当時、文化部は人気がなかった。入部した当初から先輩は四人しかおらず、全員三年生で女性だった。やがて彼女たちが卒業すると、写真部は永一と歩子、道生の三人だけになった。

そのころから永一は気が小さくて心配性だった。しかも部長を任されたこともあって、写真部の行く末を気にしていた。

「おれたちが卒業するまでに部員が入ってこないと、廃部だ。どうにかしないと、まずいぞ」

事あるごとに、道生と歩子に言った。何人以下で廃部になるという決まりはなかったけれど、当然のごとく部員がいなくなれば廃部になる。

「そうなったら、そうなったでいいんじゃないか」

道生が、いつもの調子で応じた。背が高く筋肉質で、運動部でエースをやっていそうな外見をしている。実際、運動神経はよかった。いまだにバスケット部、バレーボール部、陸上部から声がかかるほどだ。

しかし、道生はそれらのスポーツに興味がなかった。興味があるのは、一つだけだった。

「大学に行ったら自転車部に入る」と彼は公言していた。ツール・ド・フランスで優勝するのが将来の夢だ、とも言っていた。

ツール・ド・フランスは、世界中の人々を魅了する大イベントだ。各国からトップアスリートが集結し、スピードを競う。沿道には多くの観客が集まり、テレビでの中継が世界中で行われ、その視聴者数は何十億人にも上ると言われていた。

夢としては、かなり大きい。これまで日本人が優勝したことはなかった。出場するだけでも名誉なことだ。

「優勝すれば億単位の金を稼げるからな」

道生の言葉は嘘ではない。優勝賞金に加えて、スポンサー契約などの収入で年間数十億を稼ぐ者もいる。

それならば、自転車部に入ればいいと思うかもしれないが、永一たちの通っている公立高校にはなかった。また、自転車競技は金のかかるスポーツでもあるので、高校生にはハードルが高い。

「そんなことより、今度の日曜日に撮影に行こうぜ」

道生が話を変えた。彼が写真部に入った理由の一つでもある。自転車で撮影に行くのだ。

「賛成」

即座に声を上げたのは、歩子だ。彼女もスポーツ万能で、校内の人気者だった。すらりと背の高い道生と並ぶと絵になった。恋人同士だと信じている生徒もいるくらい、お似合いの二人だった。歩子が写真部に入ったのは、道生がいたからではないか、と永一は思っている。

「で、帰りに飯を食おうよ」

「いいと思う。この前、写真を撮りに行ったときに食べた魚のフライ、すごく美味しかった。また食べたいな」

歩子と道生は、盛り上がっている。すでに撮影に行くことが決定しているかの言いようだ。

「今は梅雨時だぞ。きっと雨だ。自転車で行くのは無理だ」

水を差したくて言うと、道生が笑みを浮かべて反論してきた。

「無理なもんか。ツール・ド・フランスに天気は関係ない。悪天候だろうと、中止されることは滅多にないからな」

「ここは自転車部じゃない」

永一は素っ気なく言った。写真部の行く末も、天気もどうでもよくなっていた。心の中にあったのは、道生への嫉妬だった。三日前に道生と交わした会話を思い出していた。

その日の昼休み、道生に誘われて、写真部の部室で一緒に弁当を食べた。歩子はクラスの女子たちと一緒にいて、この時間は顔を出さない。

道生と二人でいるのは珍しいことではなかった。性格はまるで似ていなかったが、馬が合うというのか、永一にとっては一番の親友だった。一緒にいて苦痛にならない男だった。

くだらない話をしながら弁当を食べ終わると、道生がそれを待っていたように言い出した。

「歩子に告白しようと思ってる」

「えっ⁉」

ぎょっとした。とうとう、この日が来てしまったと思いもした。永一も、歩子のことが好きだったからだ。

だが、気持ちは伝えていない。伝えられるわけがなかった。永一は身長も平均以下で、もっさりとした容姿をしている。道生のようにモテる顔立ちでも明るい性格でもなく、人気者の歩子とは釣り合わない。気持ちを伝えたところで、振られることはわかっていた。

「デートに誘おうと思ってるんだけど、どう思う？」

問われた瞬間、腕を組んで町中を歩く二人の姿が思い浮かんだ。映画の一場面みたいで、そんな想像さえ絵になっていた。

胸が痛かった。息苦しいほどに嫉妬した。けれど平静を装って返事をした。

「いいんじゃないか」

最後まで、自分も歩子が好きだとは言えなかった。どうせ道生には敵わない、という思いがあった。誰が見たって、どう考えたって、勝負にならない。二枚目と張り合っても恥をかくだけだ――。

道生の顔を見ていたくなくて、窓の外に視線を逃がした。真っ白な毛並みの野良猫が、校庭を横切っていくのが見えた。ときどき見かける猫だ。本当はどこかの飼い猫かもしれないけれど、永一は野良猫だと決めつけていた。雨が降りそうな空模様の中、どこかへ足早に歩いていく。

猫がいなくなったあとも、道生に視線を戻さなかった。校庭のあじさいを眺めるふりをしながら、これからのことを考えた。

道生と歩子が恋人同士になったら、距離を置こう。二人が付き合っている姿は見たくない。写真部も辞めてしまおう。

しかし、その必要はなかった。告白する前に、道生は死んでしまった。この世から消えてしまった。

しとしとと冷たい雨が降る日曜日の夕方の出来事だった。

写真部の活動はなく、道生は一人で自転車に乗っていた。おそらくトレーニングをしていたのだろう。そして、事故にあった。軽自動車が突っ込んできたのだ。道生に非はなく、軽自動車の運転手は酒を呑んでいた。

今よりもっと飲酒運転に甘い時代だった。警察の取り締まりも緩く、例えば居酒屋などで呑んだあとに、自動車を運転して帰っていく者が珍しくなかったくらいだ。

「お酒を呑んで運転するなんて、人を殺そうと思っているのと変わらない」

歩子が怒りに震えた声で言った。道生を轢《ひ》き殺した男は逮捕されたが、殺人罪で裁かれることはないし、奪われた命は二度と返って来ない。

写真部は、二人だけになった。道生の死はショックで、部活動をする気になれなかった。それどころか、歩子は学校を何日も休んだ。永一は辛うじて通学していたが、何をしていたのかの記憶がなかった。夜もよく眠れず食欲もなかった。生きているのが不思議なほど憔悴《しょうすい》していた。

当然のように部室に行くこともなくなり、写真部はそのまま自然消滅のように廃部になった。一度だけ歩子と学校で話した記憶がある。

「永一くん、痩せちゃったね」

「君こそ」

他に会話はなかった。その後は、歩子と話さなくなった。何者にもなれないまま、惰性で高校に通い、そして卒業した。道生の死から逃げるように、二人とも千葉県を出た。連絡先は交換しなかった。好きだという気持ちも伝えなかった。

初恋の女性との再会は、ドラマチックなものでも、意外なものでもなかった。ありがちと言えば、ありがちなパターンだ。

三十歳のときに同窓会に出席すると、そこに歩子がいた。二人とも独身で、東京で就職し暮らしていた。

連絡先を交換し、東京に戻ったあとも会うようになった。最初は友人として、数ヶ月後には恋人として。

道生のことは話さなかった。お互いに避けていたのだろう。歩子がどうして話さなかったのかはわからないが、永一は触れるのが怖かった。彼女の心の中にいるであろう親友のことを考えたくなかった。歩子に思い出してほしくなかった。

やがて結婚した。プロポーズは歩子からだった。永一の誕生日に言われた。

「お嫁にもらってください」

六十歳になろうという今でも、そのときのことをおぼえている。女性からのプロポーズが珍しい時代だったこともあって、永一は驚き、気の利かない返事をした。

「ええと……。は、はい。よろこんで」

こうして友達みたいな夫婦――いや、友達のまま夫婦になった。喧嘩はあまりしなかった。仲のいい夫婦だと思う。

同い年だから、定年退職の時期も同じようなもので、時間ができたら、高校時代に使っていた古いカメラを持って、二人で撮影旅行に行こうなんて話していた。永一も歩子も、あのころ使っていたカメラを捨てられずに持っていた。

○

「このまま進行した場合、あと三年くらいでしょうか」

大学を出たばかりに見える若い医師は、永一と歩子を交互に見ながら申し訳なさそうに言った。やんわりとした言い方だったが、何を伝えられたのかは明白だった。

――余命三年。

そう言われたのだ。定年退職する前に、病気が見つかった。とんでもない不幸が襲いかかってきた。

ゴールデンウィーク中のことだ。歩子が玄関で倒れた。急に頭が痛くなり、息苦しくなったという。すぐに起き上がったので、たいしたことはないと思いながらも、念のため病院で検査を受けた。その結果が、この余命宣告だった。もはや手術をしても無駄だとも言われた。

「そんな……」

永一は言葉を失う。まだ六十歳にもなっていないのに、妻の寿命は尽きようとしている。あの世に行ってしまおうとしている。

想像さえしなかった出来事に直面して凍りついている永一を尻目に、歩子が医師に返事をした。

「わかりました」

穏やかで冷静な声だった。あまりの落ち着きっぷりに驚き歩子の顔を見ると、妻は笑みを浮かべていた。一瞬たりとも取り乱すことなく、運命を——自分の死を受け入れたのだ。

手術も治療もできないのだから、入院する必要はない。ときどき体調を崩して病院に行くことや検査のために入院することはあったけれど、それ以外は、歩子は今まで通りに暮らしていた。

会社を辞めて故郷に帰ることも考えたが、通院を考えると、東京にいたほうが便利だった。故郷にも病院はあるけれど、両親の住んでいた家からは遠く、突然、具合が悪くなったときに対応できるかはわからない。通い慣れた病院のほうが安心だということもあった。

歩子は定年まで会社にも行き、家事もこなした。定年退職の延長こそしなかったけれど、心が揺れているようには見えなかった。余命宣告を受けたことが、悪い夢だったのかと思えるような日々があった。

でも夢ではなかった。余命宣告を受けた二年後のことだ。歩くことができなくなり、ホスピスに入った。千葉県の内房にある落ち着いた雰囲気の施設で、彼女が自分で選んだ。いつの間にか資料を取り寄せていたのだ。

「駄目ですか?」

歩子に聞かれたが、反対できるわけがない。こんな状況だからこそ、妻の自由にさせてやりたかった。

ホスピスで割り振られた部屋の窓からは、子どものころに遊んだ海が見えた。生まれ故郷は、すぐ近くにあった。通っていた高校も、そう遠くはない。永一の実家ではなかったが、結局、故郷に帰ってきたのだ。

「いいところよね」

歩子が落ち着いた声で言った。旅行にでも来たみたいな言い方だったが、病気が進行したせいで、すっかり痩せてしまっている。苦しいだろうに辛いだろうに、彼女は泣き言をこぼさない。内房の海を見ながら、最期《さいご》の一年をすごそうとしている。生まれた町のそばで死んでいこうとしている。

一方、永一は東京で暮らし続けていた。仕事もまだ辞めていない。休みのたびに電車に乗って、妻に会いに行った。欠かさずにホスピスを訪れた。すると歩子に言われた。

「そんなに来なくても大丈夫よ」

ベッドに横たわったまま、夫を諭すように続けた。

「あなたは、あなたの生活をしてくれていいのよ。そのためにホスピスに入ったんだから」

気遣われているのだと思おうとしたけれど、どうしても思えなかった。邪魔にされているような気がしたのだ。

永一の脳裏には、かつての親友の顔が浮かんでいた。

仕事の電話をしてくる、と嘘をついて病室を出たのは、叫び出してしまいそうだったからだ。六十歳をすぎても、自分を抑えることができなかった。平静を装うことができない。人目を避けるように屋上に行った。テラスになっていて、屋根があって植物が植えられていた。椅子と丸テーブルも置かれているが、永一は椅子に座る気にもなれず、立ったまま周囲を見た。

雨が降っているからか、屋上には誰もいなかった。暗い空の下で、あじさいが青い花を咲かせている。

ホスピスの右側には、大きな病院があった。経営者が同じらしく建物同士が通路でつながっていて、ホスピスと行き来できる。入居者の容体が急変したときには、医者を呼ぶか隣の病院に運ばれることになっている。

申し分ない環境だが、永一は他のことを考えていた。このホスピスに続く道の先には、道生が交通事故に遭った場所がある。東京にいたときより、かつての親友の影を濃く感じた。

「どうすればいいんだ？」

呟いた言葉は、雨音に消えた。あじさいだけが、永一の苦悩を聞いている。その苦悩は、四十年以上も胸の奥で燻《くすぶ》っていたものだ。

道生は歩子が好きだった。歩子も道生を憎からず思っていたはずだ。死によって引き裂かれなければ、二人は恋人同士になっただろうし、いずれ結婚をしたかもしれない。そう考えると、永一の幸せは、親友の死によって成立したものだ。永一が道生を忘れていないように、歩子も彼をおぼえているだろう。

妻の命は尽きかけている。それなのに落ち着いている。死ねば、相思相愛だった男と会えると思っているのではなかろうか？

「バカバカしい」

呟いてみたが、その声は弱々しい。あの世で道生と再会することを、歩子が望んでいるように思えて仕方がなかった。

立っていられなくなり、くずおれるように椅子に座った。そして、頭を抱えるように身体を丸めた。椅子に座ったままうずくまった。

いまだに道生に嫉妬している自分が惨めだった。病気の妻に寄り添うことのできない自分が情けなかった。

ふと涙が滲んだ。でも、これは自分を憐れんでの涙だ。余命わずかな歩子よりも、自分のことを考えている。そんなところまで情けない。泣く権利なんてないのに、涙が止まらなかった。

何もかもが嫌になって、すべてを投げ出すように目を閉じた。しとしとと降り続く雨音だけが聞こえる。

静かだった。だが、その静寂はすぐに破られる。何分もしないうちに、声をかけられた。

若い女性の声だった。

「大丈夫ですか?」

自由に動き回れると言っても、ここはホスピスだ。入居者たちの体調を心配して、看護師やスタッフが見回っているだろうし、防犯カメラだってあるだろう。うずくまるように椅子に座っている人間を放っておくわけがない。当たり前だ。

「は、はい」

永一は職員に声をかけられたと思い、慌てて返事をして顔を上げた。

すると、車椅子に乗った若い女性がすぐそこにいた。見たことのない女性だった。心配そうな顔をしているが、病院やホスピスの職員ではないだろう。

「早川凪《はやかわなぎ》と言います。ここで暮らしています」

車椅子の女性は自己紹介を始めた。永一が怪しんでいると思ったのかもしれない。しっかりした声だった。彼女は二十歳そこそこにしか見えなかったが、左手の薬指に指輪をしている。

「大丈夫ですか? スタッフを呼びましょうか?」

すでにスマホを手に持っている。今にも電話しそうだ。あるいは、永一を入居者だと思ったのかもしれない。

「だ……大丈夫です」

ふたたび慌てて答えてから、言い訳するように付け加えた。

「先月からこちらでお世話になっている妻に会いに来ました。それで、ちょっと疲れてしまって……」

自分と歩子の名前も彼女に伝えた。普通の状態に戻ったつもりでいたのだが、動揺が残っていたようだ。余計なことを口にしてしまった。

「ええと、ここで暮らしているということは――」

そこまで言って、はっとした。ここはホスピスだ。質問してはならないことがある。

途中で言葉を止めたが、永一が何を聞こうとしたのか伝わってしまった。車椅子の女性――早川凪が答えた。

「あと五年の命だと言われました」

やっぱり、彼女も余命宣告を受けていた。永一は立ち上がり、きちんと頭を下げた。嫌なことを言わせてしまったと反省した。

「すみません」

「いいんです。平気ですから」

早川凪が首を横に振り、それから自分のことを話した。

「病院の都合でホスピスにいるだけで、治療は続けているんです。余命宣告は受けましたが、まだ諦めていません。治ると信じているんです」

彼女の背負っている運命は、それだけではなかった。

「もちろん病気は怖いです。十五年前に母が同じ病気で死んでいますから、これから自分がどんなふうに苦しんで、どんなふうに死んでいくのかを想像できるんです」

「それは……」

返す言葉がなかった。慰めの言葉さえ思い浮かばない。過酷すぎる。自分だったら耐えられないだろう。

そんな永一を気遣うように、早川凪は言葉を続けた。

「でも、大丈夫です。きっと大丈夫です。十五年前より医療も発達していますから、絶対に治ると信じています。元気になると信じています」

眩しいくらい前向きだった。

「わたしも、あなたのように強くなりたい」

思わず言った。せめて歩子と一緒にいるときくらいは、笑顔を見せられるようになりたかった。

「そんな。ちっとも強くなんかないです。去年、母と会うまで泣いてばかりいましたから」

その言葉にひっかかった。

「……去年？」

十五年前に他界したのではなかったのか？　聞き間違えたかと思って問い返すと、早川凪が奇妙な質問を口にした。

「ちびねこ亭って知っていますか？」

「いえ……」

戸惑いながら答えた。聞いたことのない名前だったし、質問の意図もわからない。だが、この問いはさっきの話につながっていた。

「ちびねこ亭で思い出ごはんを食べると、この世にいない人と会うことができるんです。そこで、わたしは母と会いました」

その三日後、永一はバスに乗っていた。内房の町を走っているが、今日の行き先はホスピスではない。ちびねこ亭だ。早川凪から食堂の電話番号を聞いて、その場で予約の電話を入れたのだった。

あいにくの空模様で、今日も雨だ。梅雨時だから仕方がないとはいえ、今年はよく降る。

毎日のように降っている。

バスは空いていて、永一の他に乗客はいない。道路も空いていて、平日の午前中だということを差し引いても閑散としている。人がいなかった。

中学校時代、この道を通って学校に行っていた。そのころは、もっと賑《にぎ》やかだった。いくつかあった個人商店は潰れてしまったようだ。幼稚園も取り壊されて、更地になっていた。みんな消えてしまう。

町並みが、まるで過去の遺産のように見える。すでに滅んでしまった町を見ているみたいな気持ちになった。

知っている場所を走っているはずなのに、通りすぎていく景色はよそよそしい。見知らぬ場所に運ばれていくような心地がする。

やがてバス停に着いた。ブザーを押してバスを停め、料金を支払って降りると、すぐそこに旅館が見えた。その先には、小糸川が流れている。川沿いの道を歩いていけば海に出るはずだ。ちびねこ亭は、内房の海辺にあるという。

「まだ少し距離があるな」

たいして遠くはないけれど、雨が降っている中を歩くのは億劫《おっくう》だった。タクシーを呼ぼうか迷ったが、結局、歩いていくことにした。

死者と会うことを——道生との再会を先送りにしたい気持ちがあったからだ。会うと決めたのに、気後れしていた。会わずに帰ろうか、とさえ思った。

「そういうわけにはいかないよな」

ため息交じりに呟いた。もやもやする気持ちを抱えたまま、歩子と接することはできそうにない。

けれど、道生と会ってどうするつもりなのかもわからなかった。もうすぐ死んでしまう歩子を頼む、とでも言うのだろうか？

わからなかった。本当にわからない。永一は首を横に振り、考えることをやめて東京湾に向かって歩いた。

海の町で生まれ育ったが、傘を差して海浜を歩くのは初めてだ。もしかすると、子どものころに歩いたことがあったのかもしれないが、もうおぼえていない。遠い記憶の海に沈んでしまった。

雨を吸った砂が、足にまとわりついて重い。歩くたびに、足が海浜に沈み込む感触があった。ひどく消耗する。運動不足の六十歳すぎには、しんどい道行きだった。

「不便な場所に作ったものだな」

実際、自分の他に人間はいない。雨だからということもあるのだろうが、晴れていようと賑わうような場所だとは思えなかった。

「今どき、自動車で行けないなんて、どういう店なんだ？　客の身にもなってほしいものだな」

八つ当たり気味に文句を言いながら歩いていくと、遥か頭上から海鳥の声が聞こえた。

「ミャーオ、ミャーオ」

ウミネコだ、とすぐにわかった。猫みたいな鳴き声に導かれるように、足を止めて空を見ると、海鳥が翼を広げて飛んでいた。

「雨でも飛ぶんだったな」

職業柄、海辺の生き物について、ある程度の知識は持っている。子ども向けの教材を作るときに扱ったことがあるからだ。

ウミネコは海岸や河口に生息する海鳥で、主に魚や甲殻類《こうかくるい》を捕食する。雨降りの日でも、海や川には餌となる魚や甲殻類がいるので飛び回る。

雨に濡れた翼を広げて、力強く空を飛ぶウミネコの姿は美しかった。生命力にあふれている。写真を撮って歩子に見せてやろうかとスマホを取り出しかけたが、ふたたび道生の顔が思い浮かび手が止まった。

「ウミネコなんて珍しくないか」

同郷だし、ホスピスの窓からは海が見える。だが、それは言い訳だった。写真を撮る気が失せたのだ。

写真を撮ることなく歩き始めた。砂浜のどこを見ても、誰もいなかった。自分と海鳥だけが世界に取り残された気がした。

そのまま重い足を引きずるようにして歩いていくと、白い貝殻を敷き詰めた小道に出た。あじさいが脇に植えてあって、青い花が咲いている。雨に濡れたあじさいの花は綺麗だが、ちゃんと見なかった。今さら、別のことを考えていた。


――本当に道生と会えるのだろうか？


その答えは明白だ。死んでしまった人間と会える道理はない。詐欺か怪しげな新興宗教を疑うのが妥当なところだ。

しかし、早川凪が嘘をついているとも思えなかった。予約を取るときに電話で話した青年も正直そうな声をしていた。

「……行ってみればわかることだな」

考えるのが面倒くさくなって、投げやりな気持ちで独りごちた。道生に会える可能性を無視できなかった。

心のどこかで、死者に会える場所があると思っていたのかもしれない。こうして人は騙されるのだろう。

「おれはバカだな」

自嘲《じちょう》するように呟いたときだった。今度は、地上から鳴き声が聞こえた。

「みゃ」

ウミネコではなかった。白い小道の先に青い建物があって、入り口らしき場所に茶ぶち柄の子猫が座っていた。濡れないように屋根の下にいる。そして、こっちを見ていた。

電話で聞いた場所からすると、あの建物がちびねこ亭だろう。看板代わりらしき黒板も見えた。何か書いてあるようだが、まだ距離がある上に、雨が降っているせいでよく見えない。

「みゃん」

子猫に呼ばれている気がして歩み寄ると、黒板の文字が見えた。白いチョークで店名とキャッチコピーらしき文言が書いてあった。

ちびねこ亭

思い出ごはん、作ります。


「やっぱり、ここか」

そう呟くと、重いため息が出た。とうとう、ちびねこ亭に着いてしまった。腕時計を見ると、予約した時間ぎりぎりだった。約束した時間まで、あと五分もない。すぐ店に入ってもいいところだが、踏ん切りがつかず、ぐずぐずと黒板の残りの文字を読んだ。


当店には猫がおります。


声に出して読んだわけでもないのに、子猫が反応した。

「みゃあ」

存在を主張するように胸を張っている。さらに黒板には子猫の絵が描かれていて、目の前の猫にそっくりだった。この子猫は、ちびねこ亭で飼われているようだ。

「これが本当の看板猫だな」

「みゃん」

子猫が、永一の言葉に同意するように頷いたときだった。ドアベルが鳴って、食堂の扉が開き、二十歳すぎくらいの青年が顔を出した。華奢な眼鏡をかけた真面目そうな顔立ちの若者だ。カーキ色のエプロンを着けている。明らかに店の人間だ。子猫が顔を上げて、青年を見ている。

永一は傘を畳みながら、青年に名乗った。

「予約した秋吉です」

「秋吉永一さまですね。お待ちしておりました。雨の中のご来店、ありがとうございます。ちびねこ亭の福地櫂と申します」

予約電話をしたときに聞いた声と同じだ。そのときも、この名前を聞いている。青年——福地櫂は、礼儀正しくお辞儀をすると、永一のために入り口の扉を大きく開けてくれた。

ふたたび、カランコロンとドアベルが鳴った。何かの始まりを告げるような音だった。

「こちらの席をご用意させていただきました」

福地櫂が、窓際のテーブルに案内してくれた。二十歳そこそこに見える青年は、ちびねこ亭の主だった。他に店員の姿はなく、一人でこの食堂をやっているのかもしれない。

それにしても、穏やかな物腰の若者だ。五つ星ホテルのスタッフのような丁寧さで、永一に接してくれる。堅苦しいとさえ言える態度なのに、よそよそしい印象を受けないのは、茶ぶち柄の子猫のおかげなのかもしれない。

数分前、福地櫂が入り口の扉を開けたとき、子猫がしっぽをぴんと立てて鳴いた。

「みゃん」

そして、永一より先に食堂に入っていったのだった。まるで子猫のためにドアを開けたみたいになった。

「あなたは本当に……」

福地櫂が深いため息をついた。やんちゃな子猫に手を焼いているようだ。勝手に店の外に出ていたらしく、そのことも注意していた。

「どうして、わたしの言うことを聞けないんですか？　外に出ては危ない、と何度も言ったはずです」

漫画や映画に出てくる、口うるさい老執事みたいな口調だった。子猫に仕えている雰囲気を醸《かも》し出している。

だが、子猫は聞いていない。福地櫂の言葉に返事もせず、しっぽを揺らしながら店内に入っていき、壁際に置いてあった安楽椅子に飛び乗った。それから、大きく伸びをすると、

「みゃあぁ……」と大欠伸をして寝てしまった。お目付役のじいやを無視する御曹司のような態度だ。

「またケージを買いますからね」

福地櫂が脅《おど》し付けるように言ったが、すでに子猫はスヤスヤと眠っている。一仕事終えたような、くつろぎっぷりだ。

永一は笑い出しそうになった。ふたりのやり取りが面白かった。だが笑うわけにはいかない。福地櫂は大真面目なのだから。

どう考えても、詐欺や新興宗教の類《たぐい》ではあるまい。すると、今度は別の意味で不安になってくる。

ちびねこ亭で思い出ごはんを食べると、この世にいない人と会うことができるんです。

早川凪にそう言われて、ここまでやって来た。道生に会いに来た。けれど死者が現れそうな雰囲気はない。食堂の居心地はよく、宗教的な雰囲気など微塵《みじん》も感じられなかった。

——担がれたのだろうか？

今さら疑っていると、福地櫂が仕切り直すように言った。

「それでは、ご予約いただいた思い出ごはんをお持ちいたします。少々お待ちくださいませ」

執事のようにお辞儀をして、キッチンらしき場所に行ってしまった。質問する暇はなかった。


福地櫂が食堂から姿を消すと、いっそう静かになった。聞こえてくるのは、雨音と壁際に置かれた古時計の音だけだ。チクタク、チクタク……と遠い昔に祖父母の家で聞いたような音が鳴っている。永一が生まれる前から動いていそうな柱時計だった。

「いつから、ここにあるんだろうな」

声に出さずに呟いた。古時計もそうだが、この店自体もそれなりに古びている。福地櫂は若いが、最近オープンした食堂には見えない。ずっと前から存在しているような雰囲気があった。

子どものころに海辺で遊んだ記憶はあるが、こんなところに店はなかったような気がする。あるいは、永一が東京で暮らし始めてからできた店なのかもしれない。

窓の外では、鈍色《にびいろ》の空が雨を落としている。その雨を縫うように、ウミネコたちが舞っていた。

内房の海は濁った色をしていて、白い貝殻の小道さえ灰色に見える。鮮やかに目に映《は》えるのは、あじさいの花だけだった。青い花の他に、紫や赤、ピンク、白い花も交じっていた。

しばらくのあいだ、ぼんやり見ていたが、やがて異変に気づいた。

「さっきは青しかなかったはずだが……」

さっき通ったときは、あじさいの花は青一色だった。ほんの数分で、色が変わったのだろうか？

「まさか。そんなに早く変わるわけがない」

自分の考えを打ち消した。土壌の酸性度に影響を受けて、あじさいの花の色が変わることはあるが、数週間から数ヶ月かかるはずだ。その日のうちに、しかも、ここまで鮮やかに変化することはあり得ない。

「……見間違いか」

結局、そう結論づけた。しっくり来ないが、他に考えようがない。いくら老眼が進んでいても、花の色を見間違えはしないとは思ったけれど。

首をひねっていると、福地櫂がキッチンから姿を見せた。大きなお盆を持っていて、揚げ物の香ばしいにおいがする。注文した料理が完成したようだ。

「お待たせいたしました」

テーブルに歩み寄り、お盆を静かに置いた。そこには、大盛りの白飯とワカメの味噌汁、そして、千切りのキャベツが添えられた魚の揚げ物が載っていた。フライは二つある。アジフライだ。でも永一が注文したのは、ただのアジフライではない。

「これは、あのアジですか？」

確認するように問うと、福地櫂が小さく頷き、できたばかりの料理を紹介してくれた。

「はい。黄金アジのフライ定食です」


千葉県富津市は、新鮮なアジが豊富に水揚げされる場所としても有名だった。黄金アジとは、その富津市の金谷《かなや》周辺で漁獲されるアジの中で、特に脂ののった大ぶりのアジのことだ。味が濃く、見た目も輝くように美しい。

昭和の時代から、「黄金アジ」という呼び名はあったようだが、そのころはまだ一般的ではなかった。近年、黄金アジの美味しさが全国に知られるようになり、その呼称が広く使われるようになった。

最近では、すっかり高級魚になってしまったようだが、永一が高校生だったころ、黄金アジを安く食べることのできる定食屋があった。

学校から自転車で二十分ほど行ったところに、その店はあった。カウンターだけの狭い店で、六十代にも七十代にも見える無口な男性が一人で切り盛りしていた。真っ黒に日焼けしていて、白髪を短く刈っていたので、地元の漁師がやっていた店だったのかもしれない。

どうして、その定食屋に行くようになったのかおぼえていないが、道生はこの店のアジフライを気に入っていた。写真部の活動で出かけるたびに、永一と道生、歩子の三人は並んで定食を食べた。

この前、写真を撮りに行ったときに食べた魚のフライ、すごく美味しかった。また食べたいな。

そう言ったのは歩子だった。道生と一緒に食べに行きたがっていたのに、永一が水を差した。そして事故が起こって、道生は死んでしまう。

永一は、道生が死んでから黄金アジを食べていない。結婚してからも、食べなかった。普通のアジフライさえ、なるべく避けていた。道生のことを思い出すのが嫌で——妻にも思い出してほしくなくて、話題にも出さないようにしていた。

歩子も、アジフライを食べたいとは言わなかった。里帰りしたときも、ホスピスに入ったときも言わなかった。永一に気を使っているのかもしれない——。

「温かいうちにお召し上がりください」

福地櫂が声をかけてきた。何秒間か固まっていたようだ。目の前には、三人分の定食が並んでいる。永一と道生、歩子の分だ。いつも三人で行動していた高校時代を思い出す。

「いただきます」

永一は軽く手を合わせてから、箸を手に取った。まずは、何もかけずに黄金アジのフライを口に運んだ。

嚙んだ瞬間、サクサクとした衣が心地よい音を立てて割れ、その中から熱々の黄金アジが現れた。その身は柔らかく、しっとりとしており、嚙むたびに濃厚な魚の旨味が口いっぱいに広がる。下手に揚げられた魚のフライにありがちな生臭さは、少しもない。

「……旨いなあ」

思わず言葉が出た。アジの旬は、初夏から夏にかけてだ。六月はちょうど旬に当たる。今の時期の黄金アジが美味しいのは当然だった。刺身にすると、鯛《たい》より味がいいと言う者もいる。

このまま何もかけずに食べてもよかったが、定食にはソースと和がらしが添えられていた。高校生のときに食べたときにも、同じものがあった気がする。

永一は、トロリとした中濃ソースをアジフライにかけて、添えられていた和がらしを少しだけ付けて食べた。

カラリと揚がったアジフライに中濃ソースが程よく絡み、甘辛いソースのコクがアジの旨味を引き立てている。そこに、和がらしのツンとする揮発性の辛さが加わり、フライだけでなくソースの美味しさも引き立てる。調和が取れていて、互いを引き立て合っている。

本当に旨かった。揚げたての黄金アジのフライを味わい、懐かしさで胸がいっぱいになった。

だが、それだけだ。死者は現れそうもないし、この世とあの世がつながった雰囲気もなかった。安楽椅子の上では、茶ぶち柄の子猫が寝息を立てている。穏やかで居心地のいい食堂のままだ。

――当たり前か。

死んでしまった人間と会えるはずがない。思い出ごはんとは、その名の通り、昔の記憶がよみがえる料理なのだろう。福地櫂自身は、死者と会えるなんて一言も言っていない。

早川凪も、きっと、思い出の中の母と会っただけだ。

アジフライがもう一つ残っているが、食べる気にはなれなかった。がっかりしたということもあるけれど、六十歳すぎの胃袋に揚げ物は重い。こんな大きな黄金アジのフライを二つも食べられる年齢はすぎているのかもしれない。残してしまうのは申し訳ないが、許してもらおう。

箸を置き、ごちそうさまと言いかけたときだった。福地櫂が、テーブルに小さな器を置いた。

「よろしければ、こちらもお試しください」

永一は、目を見張った。そこにあったのは、自家製のタルタルソースだった。いやマヨネーズの和《あ》え物と呼ぶべきだろうか。これも、思い出の一品だった。四十年以上も昔に、同じものを食べていた。

タルタルソースが日本で初めて市販されたのは、昭和四十一年（一九六六）だと言われている。もちろん田舎にはなかった。一般家庭に広く普及したのは、それからしばらく経ってからのことだ。永一が子どものころは珍しいものだった。

だが、マヨネーズ自体は大正時代から市販されていたし、ピクルスの代わりにらっきょうの甘酢漬けなどを加えるレシピは存在した。また、漁師は魚を美味しく食べるために様々な工夫をする。高校時代に食べたものは、定食屋特製のタルタルソースだったのだろう。

「何の説明もなかったな」

無愛想だった定食屋の主を思い出し、誰に言うともなく呟いた。今どきの飲食店と違い、能書きは一切なかった。

けれど、あのおやじが客のためにタルタルソースを作っていたのかと思うと、胸に迫るものがあった。少しでも美味しいものを食べさせようと試行錯誤していたに違いない。プロとしての矜持《きょうじ》を感じた。

無口の種類は違うが、この食堂の福地櫂も一緒だ。わずか数日前に注文を受けて、これだけの味を出すのだから、真摯《しんし》に料理に取り組んでいるに決まっている。味を見もしないのは失礼だ。

「これも旨そうだ」

出された器を見て呟いたのは、お世辞や社交辞令ばかりではない。タルタルソースを食べるのも、やっぱり久しぶりだった。

早速《さっそく》、アジフライにタルタルソースを付けて、口に運んで咀嚼した。アジフライはまだ温かく、サクサクとした歯触りが残っていた。タルタルソースはクリーミーで甘みがある。にんにくと玉ねぎ、ゆで卵、黒胡椒《くろこしょう》が加えられていた。サンドイッチのようにパンに挟んで食べても美味しいだろう。

そんなはずはないのに、半世紀近く前に食べた味と同じに思えた。味の余韻《よいん》に浸っていると、どこからともなく、あのころの歩子との会話が聞こえてきた。

〝このタルタルソース、すごく美味しい。気に入っちゃった〟

〝おれは、こっちの中濃ソースのほうが好きかな。和がらしを付けると、最高に旨いよな〟

しかし、なぜか、その声はくぐもっていた。聞いたことがないような、おかしな声だった。空耳にしても、ずいぶん変わっている。そもそも、こんなふうに声が聞こえること自体がおかしい。

――自分は、どうかしてしまったのだろうか？

不安に襲われていると、ふいに味噌汁の湯気がふわりと上がった。不自然なほど、はっきりした湯気だった。

そして、それがやって来た。自転車が止まる音が聞こえ、食堂のドアベルが鳴った。

カラン、コロン。

その音も、くぐもっていた。しかも誰もいない。ドアが開いただけだ。ただ自転車が駐《と》められていた。それは、見覚えのある自転車だった。

〝まさか……〟

呟いた永一の声も、くぐもっていた。店の中を見回すと、いつの間にか霧が立ち込めていた。雲の中に入ったみたいに真っ白だ。

〝何が起こっているんだ？〟

声が震えた。福地櫂をさがしたが、どこにも見当たらない。キッチンも静まり返っていて、人の気配がなかった。消えてしまったとしか思えない。

〝そうだ、スマホがあった〟

誰かに連絡を取ろうと、自分のスマホを取り出した。けれど動かなかった。画面は真っ暗で、どこを触っても起動しない。

〝嘘だろ？〟

問いかけた声は、ひどく掠れていた。怖かったのだ。この世界に一人だけ取り残されたような恐怖に駆られていた。

だが、永一の他にも生き物はいた。

〝みゃん〟

茶ぶち柄の子猫だ。鳴き声はくぐもっていたが、ちゃんと存在している。眠っていたはずの子猫が目を覚ましていた。壁際に置かれた安楽椅子に座って、こっちを見ている。

子猫を見た拍子に、新たな異変に気づいた。チクタク、チクタクと時間を刻んでいた古時計が止まっていたのだ。濃い霧のせいで何時を指しているのか見えないが、秒針が止まっている。

〝もしかして、時間が止まったのか？〟

あり得ないと思いながらそう呟くと、子猫が短く返事をした。

〝みゃ〟

肯定したように感じたが、さすがに気のせいだろう。またタイミングよく鳴いただけだ。

子猫は安楽椅子から飛び降りると、とことこと入り口のほうに向かった。また外に出るつもりだろうか？　ドアは大きく開いたままで、子猫の行く手を遮るものは何もない。

外の世界がどうなってしまったのかわからないが、こんな小さな猫を放ってはおけない。とりあえず、この食堂から出さないほうがいいだろう。

〝おい——〟

呼び止めようと腰を浮かせかけた瞬間、白い影が入り口の向こう側に浮かび上がった。霧と雨のせいでその顔はよく見えないが、黒い学生服——学ランを着ている。

ちびが入り口の前で立ち止まり、背筋を伸ばすようにして座ると、学ランを着た白い影に向かって鳴いた。

〝みゃあ〟

——いらっしゃいませ。

永一には、そう言っているように聞こえた。消えてしまった福地櫂の代わりに、子猫がちびねこ亭の主を務めているみたいにも見えた。

〝サンキュー〟

白い影が答えた。子猫の言葉がわかったようだ。しかも、くぐもってはいるけれど、知っている声だった。もう間違いない。そもそも永一は、彼に会いにきたのだ。

〝お邪魔するよ〟

〝みゃん〟

子猫が応じると、白い影が食堂に入ってきた。霧がまた少し濃くなった。足音が近づいてくる。永一は座ったまま、白い影を見ていた。

ちびねこ亭は、決して広い店ではない。何秒もしないうちに、白い影が永一のそばに辿り着いた。

〝よお、久しぶり〟

声をかけられた。その瞬間、白い影が道生の顔になった。高校時代の親友が、永一の目の前にいる。

〝座ってもいいか？〟

死者に問われたが、返事はできなかった。早川凪の話は本当だった。ちびねこ亭の思い出ごはんは嘘ではなかった。詐欺ではなかった。死んでしまった森村道生が現れた。本当に現れた。

こうして一緒にいると、祖父と孫のように見えるかもしれない。六十二歳と十七歳。流れた歳月の分だけ年齢差がある。十代の若者にしてみれば、還暦をすぎた自分は老人だ。高校生だったころとは、何もかも違う。まったくの別人だろう。

けれど道生は、昔と変わらぬ口調で話しかけてくる。

〝聞こえないのか？　それとも、おれがそこに座ると迷惑なのか？〟

皮肉っぽいところも、あのころと変わっていない。年老いた永一を自然に受け入れている。だが、生者と死者のあいだには――ふたりのあいだには、埋まることのない溝がある。

〝まあいい。座らせてもらうぜ〟

勝手に頷き、道生が腰を下ろした。このタイミングしかなかった。他の言葉を発する前に、言わなければならないことがあった。

永一は椅子から腰を浮かし、そのまま床に両手を突いた。土下座したのだった。それから、道生に命乞いを始めた。

〝歩子をあの世に連れていかないでくれ〟

高校時代、道生と歩子はお似合いで、おそらく相思相愛だった。本来なら永一が入り込む余地はなかった。しかし道生は死んでしまった。残された歩子が、道生のことを忘れられないのは当然のことだろう。

今さらと思うかもしれないけれど、歳を取れば取るほど思いが募《つの》ることはある。昔のことを鮮明に思い出すようになるものだ。

――あの世で、道生と一緒になりたい。

歩子はそう思ったのではなかろうか。そして、その願いを道生が叶えようとしている。好きだった女性を、あの世に連れて行こうとしている。

こうして死者と会えた以上、自分の妄想とは思えなかった。あの世から昔の思い人を迎えにきても不思議はない。

〝……頼む〟

涙があふれた。泣くほど歩子のことが好きだった。出会ってから半世紀近く経つが、それでも変わらず彼女のことを愛していた。年老いてしまっても、歩子のことが誰より好きだった。

生きていることは、辛いことだ。この世は、天国ではない。貧困や戦争の危険がつきまとい、年寄りと若者はいがみ合う。病気になれば苦しいし、理由もなく傷つけられることだって少なくない。家族や友人たちは、どんどん死んでいく。長生きすればするほど、人は辛い目に遭うようにできている。

それでも、この世にいたかった。大好きな歩子と一緒にいたかった。どんなに辛くとも彼女と生きていきたい——。

〝ははは〟

ふいに笑い声が聞こえた。道生が嗤っている。永一の願いを聞くつもりはないということだろう。

やっぱり死者には通じなかった。土下座しても無駄だった。歩子は連れて行かれてしまう。

　全身から力が抜けて、土下座した格好のまま顔を上げる気にもなれなかった。霧で覆《おお》われた床に、涙が何粒も落ちた。もう声を出すこともできない。

　やがて、道生の笑い声が止まった。笑い疲れたように息を吐いてから、永一に聞いてきた。

〝おまえは、おれを何だと思っているんだ？　死神か何かだと思ってるのか？〟

　からかうような声だったが、どこか悲しげでもあった。返事を待たずに、かつての親友は言葉を続ける。

〝死んだところで、特別な力が手に入るわけじゃないんだ。人間は、神さまにはなれない。生きていたころと同じように、無力なままだ。他人の生き死にを決めることなんてできない〟

　嘘をついている口調ではない。

〝それじゃあ……〟

〝ああ、おまえの妄想だ。歩子は死を望んじゃいないし、おれも迎えになんか行っていない〟

　その言葉に嘘はないとわかったが、納得もできない。あの世から、ちびねこ亭に来た理由がわからなかった。永一に呼ばれたから来た、というだけではないような気がしたのだ。

〝だったら〟

永一は顔を上げながら、道生に聞こうとした。

〝だったら、どうしてここに――〟

最後まで言うことはできなかった。ぎょっとして、言葉を呑み込んだからだ。道生の存在が消えかかっていた。濃い霧に紛れるように、道生の身体が見えなくなりかかっている。

死者と会うことができるのは、思い出ごはんの湯気が消えるまで。

突然、誰かの声が脳裏に響いた。はっきりと聞こえた。女性の声のようだったが、それこそ神が語りかけてきたのかもしれない。真実だとわかった。

永一は立ち上がり、慌ててテーブルの思い出ごはんを見た。アジフライの湯気は消えていて、白飯も冷めていた。ぬくもりが残っているのは、味噌汁だけだ。その味噌汁も冷めかけていて、湯気はほとんど立っていなかった。

奇跡の時間が終わろうとしている。道生が、あの世に帰っていく時間が訪れようとしていた。

〝最後に一つだけ教えてやろう。さっきの質問への答え――どうして、おれがここに来たのかの返事にもなる〟

そんなふうに言い出した。消えかかっているのに、声はちゃんと聞こえる。

〝おれは、歩子のことが好きだった〟

〝知っている〟

今さらと思いながら応じた。歩子に告白する、と永一に宣言したことを忘れてしまったのだろうか？

死者には、生者の考えていることがわかるようだ。言葉にしていないのに、永一の疑問を否定した。

〝いや、そうじゃない。違うんだ〟

〝違う？　何が違うんだ？〟

永一は聞き返した。こうしているあいだも、時間は流れていく。この世にいられる時間が減っていく。それは道生のことだけではない。すべての生き物がそうなのだ。時限爆弾を抱えて生きている。

〝歩子に告白すると言ったことだ〟

道生が、永一の問いに答えた。すでにその表情は見えなかったが、苦笑いしているような声だった。

〝歩子を好きだったのは本当だ。おまえに話す前に、告白じみたこともした〟

知らなかった。歩子からも、そんな話は聞いていない。息を呑む永一に向かって、死者は続ける。

〝だが、振られた。好きな人がいるって言われたよ〟

〝好きな人？　歩子は、おまえが好きだったんじゃないのか？〟

ずっと、そう思っていた。二人は相思相愛なんだ、と半世紀近くそう思って生きてきた――。

〝ここまで言ってもわからないのか……〟

道生がため息をついた。わざとらしいほど深いため息だった。それでも永一が口を挟まずにいると、かつての親友は面倒くさそうに続けた。

〝歩子は、おまえのことが好きだったんだよ。初恋の相手なんだとさ〟

一瞬、世界が止まった。

〝……え？〟

ようやく声が出た。すると道生が鼻を鳴らした。

〝腹立たしいやつだな〟

そう言いながらも、道生は高校時代に考えたことを教えてくれた。歩子の気持ちを知り、落ち込みながらも応援しようと思ったのだ。

〝歩子も大切な写真部の仲間だったし、おまえが彼女を好きだってことも知っていたからな〟

〝知っていた？〟

永一は、問い返さずにはいられなかった。あのころの気持ちは、歩子にさえ言っていない。結婚したあとも黙っていた。それなのに、道生は知っていたというのだ。

〝それも今さらだな。バレバレだったぞ〟

道生は続ける。時間がないのかもしれない。永一をからかうことなく、急ぎ足で続けた。

あのころの永一は奥手で、自分の気持ちを歩子に伝えようとしない。歩子から告白すればいいようなものだったが、四十五年も昔の田舎町のことだ。告白は男からするものだという固定観念も強かった。

〝で、一芝居《ひとしばい》打った〟

永一に告白させるために、道生は歩子に告白すると宣言したのだ。昔の高校生らしい稚拙で芝居がかった真似とも言えるが、永一は笑えなかった。初めて知る事実に、ただ驚いていた。何も知らなかった自分に目を丸くしている。

〝かっこよくキューピッド役をやろうとしたのに、間抜けにも死んじまったってわけだ〟

かくして道生の告白するという予告は、宙ぶらりんになった。死は、すべてを終わらせる。必ず訪れる明日などない、と教えてくれる。

〝歩子は、おまえが一芝居打ったことを知ってるのか？　おれを騙そうとしたことを知っているのか？〟

ようやく声が出た。永一の質問に、道生が首を横に振ったらしく、空気が少しだけ揺れた。

〝いや知らない。このことは、誰にも話してないからな。だって話さずにやったほうが、かっこいいだろ？〟

その声は、芝居を打ちきれずに、中途半端に死んでしまったことを自嘲しているようだった。


そのあとは、黙って椅子に座っていた。話したいことはたくさんあるはずなのに、一つも思い浮かばない。道生も黙っている。もう姿は見えないけれど、食事をしているのかもしれない。黄金アジのフライは、親友の大好物だった。永一は、いつまでも降り続ける雨音を聞いていた。

どれくらいのあいだ、そうしていただろうか？

やがて終わりが訪れた。この世にいられる時間が終わった。それを教えてくれたのは、この不思議な世界のちびねこ亭の主だった。

〝みゃ〟

世界が変わろうと、猫の言葉はわからないけれど、今だけは何を伝えようとしたのかわかった。道生にもわかったようだ。

〝帰る時間だな〟

椅子から立ち上がる気配があった。ちびねこ亭から——この世から出ていこうとしている。

〝道生……〟

囁《ささや》くように親友の名を呼ぶと、言葉が返ってきた。

〝おれには、歩子の病気を治すことはできない。だが医学は発達している。治らない病気だって治るようになった〟

永一と歩子への餞《はなむけ》なのかもしれない。早川凪も同じことを言っていたが、死者の言葉は前向きなものだけではなかった。

〝病気が治ったとしても、人は死から逃れることはできない。いつか人生は終わる。最期の瞬間、自分の人生に後悔する。絶対に後悔する。後悔のない人生なんて存在しないからな〟

声とともに足音が、テーブルから遠ざかっていく。思い出ごはんに目をやると、味噌汁の湯気は完全に消えている。けれど道生の声は消えていない。永一のもとへ届き続ける。

〝だが後悔を減らすことはできる。後悔しないように努力することはできる。そうだろ？〟

そして、足音がドアの外に出た。相変わらず姿は見えないけれど、入り口の前に駐めてあった自転車が動いた。道生がサドルに跨《また》がったのだろう。

そのまま行ってしまうのか、と思ったときだった。食堂の外側から道生に問われた。

〝おまえは、ここにいて後悔しないのか？〟

永一は返事をしなかったし、道生も待っていなかった。音もなく自転車が動き始め、雨と霧の中に消えていった。遥か遠くへ行ってしまった。

カランコロンとドアベルが鳴って、ちびねこ亭の扉が閉まった。茶ぶち柄の子猫が、安楽椅子へと戻っていった。

○

思い出ごはんの支払いを終えて、ちびねこ亭の外に出ると、雨が上がっていた。砂浜の向こうに虹が見える。

美しい虹だったが、今回も写真は撮らない。雨がやんで、少しだけ歩きやすくなった砂浜を駆け出した。

「ありがとうございました」

「みゃん」

福地櫂と子猫の声が背中に聞こえたが、永一は振り返らなかった。そんな時間さえ惜しかったのだ。

砂浜の先にタクシーを呼んでもらっていた。ホスピスに向かうつもりだ。一分一秒でも歩子と一緒にいたかった。愛する女性と一緒にすごしたかった。大好きだ、と伝えたかった。

そして、最期の瞬間まで諦めない。絶対に諦めない。歩子の病気を治して、夫婦でこの店に来るのだ。そのときは、また黄金アジのフライを食べよう。高校時代のように。

ちびねこ亭特製レシピ

簡単タルタルソース

材料（2人前）

・マヨネーズ　1/2カップ
・玉ねぎ　1個（細かくみじん切り）
・ゆで卵　2個（みじん切り）
・にんにく　2かけ（みじん切り）
・塩　適量
・黒胡椒《こしょう》　適量

作り方

1　玉ねぎ、にんにくを耐熱皿に移して、電子レンジで1分程度加熱する。
2　ボウルにマヨネーズを入れ、1を十分に冷ましたもの、ゆで卵を加えてよく混ぜる。
3　塩と黒胡椒を加え、味を調整して完成。

ポイント

タルタルソースは冷蔵庫で寝かせて、材料をしっかりと混ぜ合わせることがおすすめです。それにより風味が馴染《なじ》み、より美味《おい》しくなります。また、レモン汁やオリゴ糖、水飴などを加えるのもおすすめです。

かぎしっぽ猫とあじさい揚げ

恋人の聖地／中《なか》の島《しま》大橋

中の島大橋は、高さ27メートル・長さが236メートルという日本一高い歩道橋です。夕暮れ時には、富士山を背景にロマンティックな雰囲気に包まれることから、「恋人の聖地」に選定され、橋の袂《たもと》には、かわいいタヌキのカップル像が設置されています。さらに、タヌキのカップル像の脇にあるラブフェンスには自由に南京錠をつけることができ、永遠の愛を誓い合うことができます。

また、この橋はテレビドラマ＆映画「木更津キャッツアイ」のロケ地となり、若い男女がおんぶして渡ると恋が叶うというストーリーから「赤い橋の伝説」が生まれています。

カップルのみなさん、南京錠を取り付けてから伝説を体験してみるなんて、どうですか？

（木更津市ホームページより）

勝てない、という感情は不思議なものだ。どんなに否定しても消えない。弱気になっているつもりはないのに、心のひだに積み重なっていく。聞きたくもないのに、こんな声が聞こえる。

あの子には勝てない。

戦っても無駄だ。

三輪美羽《みわみわ》は、もうすぐ三十歳になる。冗談みたいな名前だが、芸名ではなく本名だ。生まれたときから、この名前で生きている。

芸名という言い方をしたのは、美羽が俳優だからだ。熊谷《くまがい》の主催する劇団の看板女優だった。

——そう、過去形だ。

今でも劇団に所属しているが、もう看板女優ではない。二木琴子《にきことこ》に負けてしまった。看板女優の座を奪われてしまった。

才能とは残酷なものだ。見たくもない現実を突きつけてくる。どちらが上かを教えてくれる。

決して美羽は下手な役者ではない。演技や台詞回しでは琴子に負けていない。けれど、誰が見ても、明らかなほど二人のあいだには実力差がある。

美羽には華がなかった。二人で舞台に立つと、誰もが琴子に注目する。十代のころから舞台に立っている自分が、芝居を始めて一年も経っていない娘に勝てないのだ。

それは美羽の思い込みでも、自分を卑下《ひげ》しているわけでもない。その証拠に、先月の舞台『黒猫食堂の冷めないレシピ』を見にきた観客たちの視線は、琴子に釘付けだった。

美羽もまた、彼女から目を離すことができなかった。憑依《ひょうい》型の役者と呼ぶべきだろうか？　役になりきる琴子の演技を目の当たりにして愕然《がくぜん》とした。

美羽も似たタイプで、演技に没頭すると周囲が見えなくなるから、いっそう琴子の凄みがわかった。自分とは格が違った。文字通り、役者が違う。観客を惹《ひ》きつける力が違いすぎる。

——あんなのに勝てるわけがない。

そう思ってしまった。心が折れる音が、はっきりと聞こえた。

『黒猫食堂の冷めないレシピ』は成功に終わって、六月になった。まだ梅雨入りはしていないが、すでに暑い日が続いていた。

その日、美羽は朝一番に稽古場《けいこば》にやって来た。いつでも使っていいことになっているが、この時間は誰もいない。次の公演は決まっているけど、まだ日にちがある。準備や稽古に追われている時期ではなかった。

わざと人のいない時間を見計らって、やって来たのだ。窓からは朝日が差し込んでいて、照明をつける必要がないくらい明るかった。だから照明をつけずに、舞台に上がった。そして、独り言を呟いた。

「潮時か」

役者を辞めることを考えていた。琴子に負けたということもあるが、美羽自身の年齢の問題もあった。現代では三十歳は若いかもしれないけれど、区切りの年齢であるのも確かだ。

そうでなくとも美羽は大人びた顔をしていて、実年齢より年上に見られることが多かった。二十代前半の若い女性の役を演じるのは、厳しくなりつつあった。

実際、次の舞台では、琴子が主演女優に抜擢《ばってき》されている。千葉県木更津市にある中の島大橋を舞台にしたもので、好きな相手をおんぶして渡ると恋が叶うという「赤い橋の伝説」をモチーフにした作品だ。

いつものように熊谷がシナリオを書いた。わがままに育ってきた若い令嬢が、病魔に冒《おか》された余命わずかな男を背負って橋を渡るシーンが見せ場だ。

病魔に冒された男を熊谷が演じ、わがままな令嬢役を琴子が演じる。美羽は、親の言いなりに熊谷と結婚しようとする女の役だった。

普段、琴子はおとなしい。内気と言っていい性格で、わがままなところなど微塵もない。誰かに話しかける声も小さく、聞き取れないほどだ。それが稽古が始まった途端に豹変《ひょうへん》する。舞台に上がった瞬間に、何かが取り憑《つ》く。先日の練習のときもそうだった。

渡るんだ……。この橋を渡るんだ……。あなたのことは死なせない！　絶対に死なせない！　死ぬなんて許さない！　あなたは、わたしのものなんだから！　生きて結ばれるんだから！

自分より一回りも大きな熊谷を背負って歩きながら、鬼気《きき》迫る表情で絶叫《ぜっきょう》したのだった。わがままを貫き、運命に抗おうとする令嬢がそこにいた。

その演技を見て、誰もが——美羽さえもが言葉を失った。もはや演じているようにすら見えない。シナリオの中から、わがままな若い令嬢が飛び出してきたのか、と錯覚した。あるはずのない中の島大橋が、はっきりと見えた。

琴子の前では、主役の熊谷さえもが霞《かす》んでいた。素人《しろうと》同然の若い娘が、完全に舞台を支配していたのだ。琴子の絶叫する声は大きく響き渡り、稽古場の窓ガラスが割れそうなほど震えた。その声を聞いただけで、過酷な運命に——最愛の男を奪おうとしている神に喧嘩を売っているとわかった。

観客だったら楽しめるだろうが、同じ舞台に立たなければならない美羽はぞっとした。自分では、琴子の引き立て役にさえなれないと思ってしまったのだ。そのときの気持ちを忘れることができずにいる。

「化け物っているのよね……」

梅雨入り前の夏の日射しを浴びながら、美羽は独りぼっちで呟いた。我ながら芝居がかった真似をしていると思った、そのときのことだ。ポケットに入れてあったスマホが振動を始めた。電話がかかってきたようだ。画面を見ると、電話番号が表示されていた。

見知らぬ番号だったが、胸騒ぎを感じて電話に出た。父が他界したばかりで、過敏になっていることもあったのかもしれない。

その電話は病院からで、母が倒れたことを知らせるものだった。

○

美羽の生まれた家は、神奈川県の真ん中あたりにある。一軒家で、先月、長い闘病の末に他界した父が建てたものだ。

きょうだいはなく、祖父母はとうに他界している。美羽は高校卒業後に演劇をやるために東京に出てしまったので、父が他界した今、母は一人暮らしだ。毎日のように電話をしていたが、美羽と話すときは元気そうだった。

その母が倒れた。デパートで買い物中に脳梗塞を起こしたという。連れ合いに先立たれたあとに、ストレスや喪失感から体調を崩す人間は多いと聞いていたが、母もそうだったのかもしれない。

病院に運ばれて一命は取り留めたものの、自分の力で歩くことはできない。これから先の人生を車椅子ですごさなければならない。

父母は結婚が遅かった。母が美羽を身ごもったときには、すでに四十歳をすぎていた。いわゆる高齢出産だった。

だからといって、甘やかされたわけではない。母はともかく、父はひどかった。昭和二十年代生まれの父の価値観は古くさく、事あるごとに美羽と対立した。長崎県から東京に出てきて、都市銀行の役員まで務めた父は、とにかくプライドが高かった。休みの日までスーツを着ているような男で、とにかく他人の話を聞かなかった。いい歳をして、有名国立大学を出たことを鼻にかけているところもあった。

演劇をやりたいと話したときも反対された。お嬢さま学校で有名な某女子大に行かせてから、父の縁故《コネ》で近くの会社に押し込むつもりでいたようだ。勝手に大学案内や願書を取り寄せていた。

美羽は、そのすべてを無視して東京に飛び出した。神奈川県からなら通えないわけではなかったが、父の家から出たかった。だから、「飛び出した」という気分だった。

東京の私立大学に入り、劇団で演技の勉強を始めた。母がいなかったら、この時点で、実家との縁を切っていたかもしれない。

そのあと、役者として舞台に立つようになってからも、父は文句ばかり言っていた。主演女優に抜擢されたときも、父は変わらなかった。

「そんなものをやっているから、おまえは結婚できないんだ」

と、何度言われたかわからない。結婚することだけが女の幸せだ、と頑なに信じていたらしく、お見合いをさせられそうになったことも一度や二度ではなかった。

腹の立つ父親だった。無神経で無理解な父親だった。劇団を続けることができたのは、母が取りなしてくれたからだ。美羽が腹を立てるたびに、優しい言葉をかけてくれた。

お父さんもお母さんも、おまえの幸せを願っているから。

美羽に笑っていてほしい、と思っているから。

父と喧嘩したとき、母にそう言われた。口には出さなかったけれど、嘘だと美羽は思った。あの父が、娘の幸せを願っているなんて信じられない。

○

「次の舞台が終わったら、劇団を辞めて実家に帰ろうと思っているの」

美羽は、熊谷にそう告げた。梅雨入りした七月、母が入院している病院の屋上でのことだ。美羽の母が倒れたと聞いてお見舞いに来てくれたのだった。

この時間、母は検査を受けている。主のいなくなった病室を抜け出し、熊谷を連れて屋上にやって来た。辞めることを告げるつもりで誘ったのだった。

「だから、次が最後の舞台ね」

言葉を重ねても、熊谷は何も言わなかった。母が倒れる前から、美羽が劇団を辞めようと考えていたことに、気づいていたのかもしれない。琴子に負けて逃げ出すのだと知っているのかもしれない。

「お母さんを一人にはしておけないから」

言い訳するように続けた。熊谷は、やっぱり黙っている。美羽は黙っていられなかった。言葉が勝手にあふれ出す。

「でも、辞めろって言われたわけじゃないから。昨日、このことを話したら、お母さんは続けろって……」

ここまで言って、ようやく口を閉じた。自分が何を話そうとしているのかわからなくなっていた。劇団を辞めることに躊躇《ためら》いがあったのだ。自分で決めたくせに、熊谷に止めてほしいという思いがあったのだろう。

子どものころから役者になりたくて、演劇に人生を捧げてきた。ずっと芝居のことだけ考えてきた。人生のすべてだったのだから、未練がないはずがない。

会話が途切れた。美羽は、自分の立っている場所に目をやった。病院の屋上には屋根があって、雨の日でも、傘を差さずに散歩できるようになっている。入院患者だけでなく、見舞いに来た者や病院の職員も出入りする場所だった。一階にある売店でパンを買って、ここで食べる職員もいた。

けれど今日は誰もいない。美羽と熊谷だけが、しとしとと降り続く雨の中で向かい合っていた。

静かに時間が流れた。世界が水没してしまったような長い沈黙のあと、熊谷が問いかけてきた。

「美羽さんは辞めたいのか？　役者を辞めたいのか？」

その質問は重すぎる。頷けばいいだけなのに、それができなかった。

「……わからない」

美羽は小さな声で答えた。踏ん切りがつかない気持ちを声に出してしまった。けれど主演女優の座を琴子に奪われてしまったし、それ以上に、車椅子で暮らさなければならなくなった母を放っておけない。

「続けてはいけない気がするの」

正直に言った。この年齢になるまで演劇をやることができたのは、母が味方してくれたからだ。その母が倒れた。身体も不自由になって、一人ではたぶん動くこともできない。

そばにいてあげたいという気持ちがあった。琴子のことがなくても、辞めようと思っただろう。

半年前に他界した父の顔が思い浮かんだ。頑固《がんこ》で高慢《こうまん》ちきな顔だ。死んだ今でも、美羽に文句を言おうとしているように見える。

「父が生きていたら、劇団なんて辞めろって絶対に言う。何もなくたって、わたしが役者になることを大反対していたくらいだから」

そう続けた。美羽にしてみれば、言葉にする必要がないほど自明だった。だが、熊谷は異を唱えた。

「大反対まではしてないだろ。劇団に入ることも許してくれたじゃないか」

熊谷は、美羽の両親と会ったことがある。そのときのことを言っているのだろう。

美羽は大学を卒業したあと、劇団を転々としていた。メジャーな劇団から声をかけられたこともあったが、なぜかピンと来なかった。

客演を繰り返しているうちに、大学を卒業して三年が経ち、美羽は二十五歳になった。そして、たまたま熊谷の劇団の公演を見た。熊谷は舞台に立っていなかったが、熱気のようなものを感じた。芝居にかける情熱が伝わってきた。

いや、それは後付けだ。美羽は熊谷の劇団に恋をしたのだ。一目惚《ひとめぼ》れだった。好きだという気持ちは、理屈ではない。雷に打たれたようなものだ。自分ではどうしようもない。けれど、当時、今以上に熊谷の劇団は無名だった。琴子の兄・二木結人《ゆいと》が頭角を現す前のことで、舞台をやっても客がまったく入らなかった。

そんな劇団に入ろうとするのだから、父が許してくれるわけはなかったが、美羽はもう二十五歳だ。親の許可を必要とする年齢ではない。勝手に入るつもりでいた。しかし、熊谷が頷かなかった。

「親には親の考えがある。わかり合えなくても、話しておくべきだ」

と、言って神奈川県の実家まで来てくれた。

美羽が東京に出たあと、両親は二人だけで暮らしていた。しっぽが曲がっているサバ白猫を飼っていたこともあったが、そのころには死んでいた。太っていて可愛げのない猫だったけれど、両親は可愛がっていた。ペット専門の葬儀店に頼んで、猫の葬式をやったという話も聞いた。

父が好きだったのは、猫だけではない。他人を見下してばかりいるようにしか見えない父だったが、なぜか熊谷を気に入っていた。呆気《あっけ》ないくらい簡単に、美羽が劇団に入ることを許してくれた。しかも、似合わぬ軽口まで叩いた。

——いざとなったら、結婚してもらえ。

そんなふうに言っていたところからすると、熊谷を美羽の恋人だと勘違いしたのかもしれない。芸能界に興味のない父は、熊谷がテレビに出ていたことを知らなかったみたいだ。もちろん、結婚していたことも知らなかったのだろう。

美羽はもちろん知っていたけれど、父には何も言わなかった。説明するのが面倒くさかったし、勘違いさせておけと思ったのだ。父のことが大嫌いで、話すことさえ厭《いと》わしいという気持ちもあった。

そのころのことを思い出していたせいだろうか。父を思い出して苛立《いらだ》っていたのかもしれない。熊谷の話をいくらか聞き逃したようだった。突然、場違いとも思える言葉が耳に飛び込んできた。

「……ちびねこ亭に行ってみるといい」

そこだけ、はっきりと聞こえた。

「え？」

とっさに聞き返しはしたが、その店の名前は知っていた。あの子——琴子がアルバイトしている食堂だ。わざわざ東京都から千葉県まで通っているという。恋人が食堂をやっていて、琴子がそれを手伝っていると噂《うわさ》する劇団員もいた。

「そこに行って何をしろって言うの？」

言葉が尖ってしまった。食堂は関係ないし、ここで熊谷に琴子に関係するものに触れてほしくなかった。父を思い出した以上に不快だった。

美羽が不機嫌になったとわかっただろうに、熊谷は動じない。急に遠くを見るような目になって、美羽の問いに答えた。

「人生に迷っているなら、ちびねこ亭の思い出ごはんを食べるといい。きっと答えが見つかる」

この言葉を聞いたとき、チャールズ・M・シュルツの漫画『ピーナッツ』に出てくる有名な台詞が思い浮かんだ。スヌーピーの台詞だっただろうか？


もし道に迷ったら、一番いいのは猫についていくことだ。猫は道に迷わない。


本当にそうなのかはわからない。猫だって道に迷いそうな気がする。

母が倒れてから二週間が経過した。容体は落ち着いている。順調に回復している、と医者は言った。

ときどき舌が回らないことはあるようだが、話すこともできる。もともと社交的な性格をしていることもあって、看護師や他の入院患者と楽しそうに話している。リハビリや通院の必要はあるけれど、来月には退院できそうだ。

　すると、退院後のことを考えなければならない。まだ母にも相談していないけれど、車椅子でも自由に動けるように、実家をリフォームする計画を立てていた。最低でも三百万円はかかりそうだが、それくらいなら払うことができる。

「わたしのお金じゃないけどね」

　美羽は独り言を呟く。父が遺《のこ》したお金だった。貯金が趣味みたいな人だったから、定年退職したときに受け取った退職金もほぼ手付かずで残っている。銀行に勤めていたときの給料やボーナスはもちろん、二ヶ月に一度振り込まれる年金からも貯金していたくらいだ。

　このとき美羽は、千葉県木更津市にある中の島大橋に来ていた。雨が降っているので、お気に入りの紫色の傘を差している。

　観光に来たわけではない。劇団を辞めるにせよ、次の舞台には立つつもりだったので、シナリオのモチーフになった赤い橋を見ておこうと思ったのだ。

「『木更津キャッツアイ』から始まった伝説よね」

　有名な話だった。『木更津キャッツアイ』は、ドラマであり映画にもなっている。もう二十年も前の作品なのに、いまだに根強い人気があった。

観光地としても有名な場所だが、平日の朝で、しかも雨が降っているせいか、美羽の他には、海景をスケッチしている青年しかいなかった。大きな傘を立てて、椅子に座って絵を描いている。

話しかけたりはしなかったけれど、通りがかりに絵は見えた。中の島大橋を渡る男女の姿が描かれていた。男性が女性を背負っている。スケッチブックの中の男性は、青年自身を描いているように見えた。

一方の女性は二十歳そこそこくらいで、すごく可愛らしい顔をしていて、杖を持っていた。あるいは、視覚障害者なのかもしれない。鉛筆で描かれているだけで色なんてついていないのに、なぜか白い杖のように見えた。二人とも幸せそうに笑っている——。

急に涙があふれそうになった。彼の描いている絵が、尊くて、どうしようもなく切なかったのだ。

美羽も幸せになりたかった。そして、舞台に立っていた自分は幸せだった。他の幸せは知らないし、いらないと思っていた。

けれど、その幸せもどこかへ行ってしまった。舞台の真ん中は、もう美羽の場所ではない。

「もういいから」

そう呟いて、どうにか涙を呑み込んだ。三十路になろうという女が、こんなところで泣いてはいけない。独りぼっちでいるときに、泣いちゃダメだ。寂しい女だとバレてしまうから。

「そろそろ行くか」

わざと声に出して言った。中の島大橋に来たのは、ついでだった。これから行かなければならない場所があった。

ちびねこ亭で思い出ごはんを食べると、死んでしまった人と会うことができる。

あのとき、病院の屋上で熊谷は言った。その言葉の意味を理解するまで時間がかかった。シナリオの話を始めたのかとさえ思った。演劇をやっている人間と話すと、現実と作り話の区別がつかなくなるときがある。

だが違った。フィクションではなかった。

「信じられんだろうが、本当の話だ。おれも会ってきた」

真顔で言われて、ふたたび言葉を失った。あり得ないと思ったけど、嘘とも思えなかった。熊谷は舞台の上では嘘つきだが、実生活では不器用なほど正直な男だ。そして、彼が息子を亡くしていることを美羽は知っていた。

熊谷に連絡先を聞き、その場でちびねこ亭に電話をして、思い出ごはんの予約を取った。簡単だった。

本当に死者と会えるなら、父と会いたい。

そして、演劇への未練を断ち切ってもらおう。


中の島大橋をあとにしてタクシーに乗り、小糸川を下った。木更津市から君津市までは意外に近く、二十分もしないうちに東京湾に着いた。ただ、問題はここからだった。

雨が降っている中、傘を差して濡れた砂浜を歩いていかなければならない。タクシーから降りて海辺を歩き始めたはいいが、すぐにため息が漏れた。

「帰ろうかなあ……」

濡れた砂浜は重く、歩くのが面倒くさい。そして、琴子に会いたくなかった。ちびねこ亭にいるかどうかはわからないけれど、そこで働いているのだから美羽を待ち受けていても不思議はない。予約の電話をしたときに、琴子のシフトが入っているのか聞いておけばよかったと今さら思う。

「聞けるわけないいか」

また、ため息が出た。ちびねこ亭に電話をしたとき、目の前に熊谷がいたのだ。琴子を意識していると思われたくなかった。

「バレバレでしょうけどね」

今度は肩を竦めた。

——わたしは、この子が苦手だ。

琴子と出会った瞬間、美羽はそう感じた。彼女が役者の才能を見せる前から——琴子の兄・二木結人と一緒に劇団に顔を出していたころから、琴子を恐れていた。たぶん、嫌っていた。

その理由はよくわからない。役者としての才能を見抜いていたからなのかもしれないし、自分より若くて美しい女に嫉妬していたからなのかもしれない。昔から、自己主張の少ない内気な女は苦手だった。

「自己主張が少ない？　内気？　どこがよ」

雨降りの砂浜を苦労して歩きながら、美羽は自分に突っ込んだ。確かに、琴子は普段借りてきた猫のようにおとなしい。顔立ちは整っているけれど、言ってしまえばそれだけだ。

地味で影が薄く、声も小さい。服装も動作も垢抜けておらず、役者には見えない。けれど舞台の上では豹変する。自由に空を飛ぶ鳥のように力強く舞い、観客の視線を独り占めする。琴子の声は心に響き渡り、一緒に舞台に立っている役者までも魅了する。

——魅了？

「バカバカしい」

美羽は吐き捨てる。苦手だ、嫌いだと言いながら、結局、琴子を褒《ほ》めている。素人丸出しの粗《あら》だらけの演技を貶《けな》すことができない。彼女の演技を、ずっと見ていたいと思った。同じ舞台に立っていながら、琴子を見上げることしかできなかった。

「これじゃあ、ただのファンね」

ふたたび肩を落とした。犬だったら、しっぽを丸めているところだ。美羽は完全に負けを認めていた。もはやライバルでさえなかった。自分は、琴子の足もとにも及ばない。

ちびねこ亭の主は、道順も丁寧に教えてくれた。電話で説明された通りに歩いていくと、貝殻を敷いた小道に出た。雨に濡れているからだろうか。貝殻たちは、驚くほど白かった。

「これ、本物よね……」

よくできた小道具に見えた。その白い小道の片側には、紫色のあじさいの花が咲いていた。美羽の傘の色によく似ている。

「海辺でも咲くんだ」

演劇しかやってこなかった美羽は、何も知らない。劇や映画、小説など物語の知識はあるけれど、実生活で役に立ちそうなものはなかった。花の名前だって、ろくに知らない。

ただ、あじさいの花を綺麗だと思う気持ちは持っていた。白い貝殻とのコントラストが、まるで映画の一場面のようだった。立ち止まって紫色の花を見ていると、頭の上のほうから鳴き声が聞こえた。

「ミャーオ、ミャーオ」

一瞬、猫かと思った。村上春樹《むらかみはるき》が翻訳したアーシュラ・K・ル゠グウィンの『空飛び猫』が頭に浮かんだけれど、もちろん違う。あれは架空の動物だ。

鈍色《にびいろ》の空を見上げると、雨の降る中、何羽もの海鳥が飛んでいた。きっと、ウミネコだ。ミャオ、ミャオと猫みたいに鳴いているのだから、たぶん間違いない。

「雨の日も飛ぶなんて大変ね」

美羽は、空飛ぶ猫たちに同情する。自由に見えるが、大自然の中で生きていくのは楽ではあるまい。それでも空を飛んでみたいという気持ちがあった。人は、できないことに憧れる生き物なのかもしれない。鳥になって、この大空を羽ばたいてみたかった。

子どものころ、学校の合唱祭で歌った歌を思い出した。大空に憧れて、悲しみのない自由な世界に行きたいと思いながら歌った。舞台に立つときも、『翼をください』の歌詞を思い浮かべることがある。いまだに口ずさむ。

けれど、その願いは叶いそうにない。自分は、大空に羽ばたけなかった。琴子のようには飛べない――。

「やっぱり帰ろうかな」

呟いた言葉にはため息が交じっていた。そんなふうにして逡巡《しゅんじゅん》していると、今度は前方から鳴き声が聞こえてきた。

「みゃあお」

似てはいるが、ウミネコとは明らかに違う声だった。視線を向けると、青い建物がすぐそこにあって、入り口らしき場所の庇《ひさし》の下に子猫がいる。

「みゃお」

はっきり美羽を見て鳴いた。茶ぶち柄の子猫だった。雨に濡れるのが嫌なのか、建物にくっつくようにして立っている。

「あれが、ちびねこ亭ね」

青い建物を見ながら呟いた。子猫の近くに、看板代わりらしき黒板が立て掛けてあった。

ちびねこ亭
思い出ごはん、作ります。

黒板に描かれた文字を見て、顔が強張《こわば》りそうになった。白チョークで書かれた可愛らしい筆跡には見覚えがあった。琴子の書いたものだ。舞台のカンペなどで字を見る機会は多い。

さらに、子猫の絵が描いてあって、小さく注意書きが加えられている。

当店には猫がおります。

美羽が読み終えたタイミングで、茶ぶち柄の子猫がまた鳴いた。

「みゃん」

舞台で紹介を受けた役者のように胸を張っている。この食堂の子猫のようだ。黒板に描かれた絵にそっくりだ。おそらく、この絵もあの子が描いたものだろう。おとなしいくせに、どこか大胆な性格が表れている。

「下手くそな絵」

思ってもいないことを言った。琴子がこの扉の向こうにいると思うと、食堂に入りたくなくなる。顔を見たくなかった。もちろん絵を描いたのは昨日とかのことで、今日はいない可能性もある。

美羽は、時間稼ぎをするように、庇の下にいる茶ぶち柄の子猫に問いかけた。

「あの子は店にいるの？」

「みゃ？」

「二木琴子よ」

「みゃあ？」

子猫が首を傾げた。人間の言葉がわからないというよりは、何を気にしているのかわからない、と言われたような気がした。

「あの子と会いたくないの！」

カチンときて大声を出してしまった。いい歳をして、感情のコントロールができていない。

わたしは何をやっているんだろう？　また、子猫を怖がらせてしまったと反省したが、その必要はなかった。

「みゃん」

反応して鳴いただけで、子猫は平然としていた。怖がるどころか、美羽の出した大声に驚いた様子さえなかった。手のひらにのりそうなくらい小っちゃいくせに、肝の据《す》わった子猫だ。話の続きを待っているような顔で、美羽を見ている。

「だからね」

と声のトーンを落として、どうして琴子と会いたくないのかを話し続けようとしたときだ。

遮《さえぎ》るみたいにカランコロンと音が鳴り、ちびねこ亭の扉が小さく開いた。美羽の声が店の中に聞こえたのかもしれない。

琴子が現れるのかと覚悟したが、顔を見せたのは二十代前半の青年だった。華奢《きゃしゃ》なフレームの眼鏡をかけて、長袖のワイシャツを着ている。内気そうにも見える穏やかな顔立ちをしていた。

「あら」

思わず声が漏れた。美羽はこの青年を知っていた。ゴールデンウィークにやった劇団の舞台――『黒猫食堂の冷めないレシピ』を見に来ていて、熊谷や琴子と言葉を交わしていた青年だ。

美羽は挨拶をしなかったので、どこの誰だか知らなかったけれど、青年の優しげな顔立ちをおぼえていた。

青年も、美羽をおぼえていたようだ。驚いている美羽に頭を下げてから、歓迎の口上を述べ始めた。

「三輪さま、お待ちしておりました。本日は雨の中お越しいただき、ありがとうございます。ちびねこ亭の福地櫂と申します」

茶ぶち柄の子猫の名前は、「ちび」であるらしい。ちびねこ亭の飼い猫だった。福地櫂がわざわざ紹介してくれた。

「みゃあ」

ちびがしっぽを立てて挨拶してくれたけれど、相手にしている余裕はなかった。美羽は、福地櫂のことを見ていた。熊谷や琴子と言葉を交わしている姿を思い出していた。

あのときの青年が、ちびねこ亭の主だったのだ。琴子の雇い主であり、恋人だと噂されている男性だ。舞台を見に来てくれたときには、熊谷や琴子相手に他人行儀なほど丁寧な口のきき方をしていたので、親しい関係だと気がつかなかった。

「二木琴子さんはいらっしゃるんですか？」

美羽は改めて福地櫂に聞いた。尋ねずにはいられなかった。すると、青年は小さく首を横に振った。

「いいえ。お休みになっております」

「そうですか」

美羽は、ほっとする。そして、臆病な自分に嫌気が差す。琴子が絡むと、こんな思いばかりしている気がする。琴子は、美羽など眼中にないだろうに――。うんざりしていると、子猫がふたたび鳴いた。

「みゃ」

子猫は、青年の顔を見ていた。その声が催促しているように聞こえたのは、美羽だけではなかったようだ。

「そうですね」

福地櫂が相づちを打つように頷き、中途半端に開いていた入り口の扉を、さらに大きく開けた。

カランコロンとドアベルがまた鳴り、店内がはっきりと見えた。ぬくもりのある木製の椅子やテーブルが並んでいたが、誰もいなかった。思い出ごはんの予約があるときは、他に客を入れないという話は聞いている。

「どうぞ、お入りください。ちびねこ亭へようこそ」

食堂の主はそう言って、映画に出てくる執事のようにお辞儀をした。芝居がかった動作だと言えなくもないのに、その仕草は自然で、とびきり上手な役者を見ているような気持ちになった。


店に入ると、窓際の四人がけのテーブルに案内された。大きな窓からは、内房の海が見える。雨の中、ウミネコたちが空を舞い続けていた。鈍色の空を自由に飛び回っている。自由に見えるのは、空を飛ぶ海鳥だけではなかった。

「みゃあ」

美羽より先に食堂に入った子猫が、壁際に置いてある安楽椅子に飛び乗って、伸びをしながら鳴いた。そして丸くなり、さっさと寝てしまった。美羽の相手をする気はないようだ。愛想があるのかないのかわからない猫だった。まあ猫なんて、こんなものなのだろうが。

視線を移すと、安楽椅子のそばには大きな古時計が置いてあった。チクタク、チクタクと動いている。飾り物ではないらしく、時間も正確だった。美羽のスマホの時刻から一分とズレていない。

「いい店ですね」

そう言ったのは本音だ。温かみがある上に、レトロ感がある。初めて訪れたはずなのに、懐かしい気持ちになる。都内にあったら大繁盛しそうな雰囲気があった。

でも、だからこその不安があった。


本当に、ここで死んでしまった父と会えるのだろうか？


熊谷のことは信用しているけれど、さすがに死者と会えるという話を真に受けることは難しい。

正直に言えば、イタコの口寄せや霊媒師《れいばいし》のような人間が出てくると思っていた。それでもよかったが、福地櫂にスピリチュアルな印象は受けなかった。誠実そうな好青年に見える。

誠実なイタコや霊媒師だっているだろうが、この青年が霊との交信を始めるところは想像できない。

福地櫂自身、死者と会える云々《うんぬん》に触れることなく話を進めた。

「ご予約いただいた食事を用意いたします。少々お待ちください」

またしても丁寧にお辞儀をして、美羽の座るテーブルから離れていった。給仕も料理も一人でやっているようだ。

「……まあ、いいか」

誰もいなくなった食堂で呟いた。何がいいのか自分でもわからなかった。どうでもいい気分になっていたのかもしれない。

意味もなくスマホを見た。電波はちゃんと届いているが、着信もメールもＬＩＮＥも来ていない。そのままテーブルに置き、ぼんやりと窓の外を眺めた。雨粒が、窓ガラスを濡らし続けている。

十分くらい経ったころだろうか。福地櫂がキッチンから出てきた。香ばしい揚げ物のにおいがする。テーブルにやって来て料理を静かに置き、美羽の思い出ごはんを紹介した。

「お待たせいたしました。あじさい揚げです」

長崎県の郷土料理だった。長崎市の花があじさいであることから、その名前が付いたとも言われている。海老のすり身を丸めて、食パンをサイコロ状に細かく切って衣にして揚げる料理で、できあがると、あじさいの花のように見えなくもない。

あじさい揚げは、長崎県出身の父の大好物で、母の得意料理でもあった。食卓に並ぶたびに、父の機嫌はよくなった。

　また、母は料理上手で、あじさい揚げをアレンジして作ることも多かった。特に、美羽の思い出に残っているのは、木更津市で買った車海老を使ったあじさい揚げだった。

　およそ一年前、美羽たちは家族三人で泊まりがけで木更津市に行った。父の身体に病気が見つかった翌月のことで、父と一緒に行く最後の家族旅行になるだろうという予感があった。

　知名度はそれほど高くないが、木更津市にも温泉がある。例えば、全室に東京湾や富士山を望むオーシャンビューの半露天風呂を備えた『木更津温泉　龍宮城《りゅうぐうじょう》スパ・ホテル三日月《みかづき》　富士見亭《ふじみてい》』は人気が高く、家族旅行にうってつけだ。公式ページから、打ち上げ花火を申し込むことまでできる。食事も絶品で、箱根とはまた違った魅力があった。

「アクアラインを通ってみたかったの」

　母はそんなふうに言った。東京湾アクアラインは、木更津と対岸の川崎を十五分で結んでいる。その途中にある『海ほたるパーキングエリア』だけでも遊びに行く価値があると言われており、関東でも屈指の人気を誇っている。

　もちろん父の身体のことを考えて、比較的近場を選んだのだろう。木更津市内には、ドクターヘリを備えているような大きな病院もある。病人と一緒に行くのに、安心な場所なのかもしれない。

だから美羽も一緒に行った。そして後悔した。雨が降っていたのは仕方がなかったにせよ、父はいつも通り不機嫌で、美羽が結婚もせずアルバイトをしていることに文句を言い続けていた。

来週には入院することになっていて、身体の調子もよくないのだろうと我慢していたが、あまりにもしつこかった。美羽のことだけではなく、演劇そのものもバカにした。

「あんなものは、いい大人のやることじゃないな。大学まで出してもらっていて、いつまで遊んでいるつもりだ？」

木更津に向かう車中で言われた。まだ旅行が始まったばかりなのに、いきなり、これだ。

〝あんなもの〟〝いい大人のやることじゃない〟〝大学まで出してもらって〟。どこを切り取っても腹立たしい。何様のつもりでいるんだろう？

「遊んでなんかいない」

「一銭にもならないんだから、遊びと同じだ」

そう言われると、美羽は反論できない。現状では、役者で食っていくことはできない。むしろ持ち出しで、アルバイトで稼いだお金を注ぎ込んでいる。お金と時間のかかる趣味を持っているようなものだ。

劇団員全員が、熊谷にこんなふうに釘を刺されていた。

――今の状態を誇りに思うな。働いている気になるな。いっぱしの役者面《づら》するな。まだ、おれたちは何もしていないし、何者にもなっていない。ただ仲間内で遊んでいるだけだ。

彼の口癖のようなものだった。その通りだとも思う。けれど、何も知らない父に言われたくない。熊谷の言葉は戒《いまし》めだが、父のそれは悪口でしかなかった。少なくとも美羽には、自分への悪口に聞こえた。

「一銭も稼げなくて悪かったわね」

「悪いと思うなら、さっさと結婚しろ。いつまでも若いわけじゃない。子どもを産めなくなるぞ」

時代錯誤も甚《はなは》だしい。自分の娘相手だろうと、言ってはならない言葉がある。今どき、こんな台詞を公の場で言ったら炎上する。人間性を疑われ、職種によっては仕事を失う。

それを父に説く気にはなれなかった。どうせ、娘の言うことなど聞きはしないのだから。

自分だけが正しいと思っているのだから。

面倒くさくなって、それ以降はなるべく口をきかなかった。父のための旅行なのに、無言で通した。雰囲気の悪いまま旅行は終わった。母だけが観光や買い物を楽しんでいた。自分たちへのお土産や食材も買っていた。父は何も買わず、目に入るものすべてに文句をつけていた。

こうして、神奈川県の実家に戻った。帰り道でも、父に説教された。うんざりするほど同じことを繰り返された。雰囲気の悪さなど気にしていないどころか、気づいていないようだった。

すぐにでも一人暮らしのアパートに帰りたかったが、母に止められたし、さすがに疲れていたので実家に泊まった。高校を卒業すると同時に実家を出たけれど、美羽の部屋はあのころのままになっている。そこで眠った。

その翌日、木更津市で買った物産品が朝一番の宅配便で届いた。母が購《あがな》った魚介類だった。

「お昼ごはんくらい食べていきなさいよ」

さっさと帰ろうとする美羽を呼び止めて、母は料理を作り始めた。父のことは腹立たしいし大嫌いだが、母に恨みはない。美羽も台所に行き、役に立たないなりに手伝いをした。こうして完成したのが、車海老のあじさい揚げだった。

木更津市は車海老の屋内養殖の発祥の地でもあり、浜焼きや車海老天丼などを看板にしている店も多かった。

現地で海老を買うと言う母に向かって、父がここでも文句をつけた。言わなくてもいいことを言い出した。

「海老なんて、どこでも買えるだろ。送料がかかる分だけ損するぞ」

「木更津市の海老は、どこでもは売ってないわよ」

母は軽く躱《かわ》し、自分の意思を曲げなかった。父におもねりもしないが、喧嘩もしない。美羽と話すときと違って、父もしつこくなかった。

「あっちの店よ」

母は軽やかに店に案内する。最初から買うつもりで調べてあったらしく、美味しいと評判の鮮魚店に行って、立派な車海老を自宅用に買った。デパートで買うよりも安かった。送料を上乗せしても、なお安価だった。

その車海老で、母はあじさい揚げを作ってくれた。揚げたての料理は、すごく美味しそうだった。香ばしいにおいがする。

父はそれを食べると、急に気が抜けたような顔になって、今までとは違う静かな口調で美羽に言った。

「母さんのことを頼んだぞ」

この言葉を聞いて、ようやく、父は死を覚悟していたんだとわかった。母のことを心配しているんだとわかった。こんな自分に頼まなければならないほど心配していたのだ。父は一年間の闘病生活を経て、今年の五月に他界した。『黒猫食堂の冷めないレシピ』の舞台が終わった二週間後のことだった。

「いただきます」

美羽は、ちびねこ亭で思い出ごはんを食べ始めた。あじさい揚げを箸で摘まみ、火傷しないように気をつけて口に運ぶ。食パンをつけて揚げた衣は、サクサクとした歯ごたえがあった。ごま油の香りがする。美羽の母も、料理にはごま油をよく使っていた。

食パンの甘みを堪能《たんのう》しながら嚙むと、車海老のプリプリとした食感に当たった。車海老のみじん切りがたっぷり入っていて、風味が豊かで、車海老の甘みと旨みが口の中に広がった。

あのときに食べた味だ。お母さんの味だ。母さんのことを頼んだぞ、という父の言葉が脳裏を巡る。

――やっぱり劇団は続けられない。母のそばにいよう。

改めてそう思ったときだった。ふいに、ドアベルが小さく鳴った。

〝カラン……〟

微妙な音だった。どことなく中途半端で、なぜかくぐもっている。音の聞こえたほうに視線を向けると、入り口の扉が薄く開いていた。

最初は、ちゃんと閉まっていなかったドアが、風が吹いた拍子に開いてしまったのだと思った。

けれど、そうではなかった。一匹の猫が食堂に入ってきた音だった。我が物顔で、のそのそと入ってきた。その姿を見て、美羽は目を丸くした。

〝……嘘？〟

出した声が、くぐもっていた。いつもなら喉の調子を心配するところだが、そんな余裕はない。ちびねこ亭に入ってきた猫から目を離すことができなかった。

――サバ白のかぎしっぽ猫。

でっぷりと太っていて、態度が大きく、ふてぶてしい顔をしている。歩き方までもが、美羽の記憶の中にいる猫とそっくりだった。しかも、雨が降っている外から来たはずなのに、猫の体は濡れていない。

〝ぶにゃん〟

かぎしっぽ猫が返事をするように鳴いた。くぐもって聞こえる点を除けば、鳴き声まで同じだった。こんなふうに豚みたいに鳴く猫だった。

〝もしかしてキヨ？〟

美羽は、遠い昔に死んでしまった猫の名前を——父が可愛がっていた猫の名前を呼んだ。


かぎしっぽ猫は、遺伝的な理由で発生すると言われている。猫のしっぽは、尾椎《びつい》と呼ばれる骨が十八から二十個で構成されているが、そのうちの一、二個が欠けたりすることで、かぎしっぽになるという。

これは、子どものころに父が話してくれた知識だ。かぎしっぽ猫は、長崎県に多いとも言っていた。その理由も話してくれた。

「江戸時代にオランダ船の積荷をネズミから守るために乗ってきた猫が、長崎に住み着き、子孫を残したためだ」

また、こんなことも言っていた。

「かぎしっぽ猫は、幸運を招くんだ」

初めて聞いたときは、招き猫と勘違いしているのかと思ったが、父は間違っていなかった。ネットで調べてみると、かぎしっぽ猫が幸運を招くというのは、日本やヨーロッパなどで古くから言い伝えられていることだった。曲がったしっぽが「財産を守る」「商売繁盛をもたらす」などと信じられているという。

キヨと名付けたのも父で、夏目漱石《なつめそうせき》の『坊っちゃん』に登場する下女から取った名前らしい。父の理想の女性なのかもしれない。残念なことに、我が家のキヨは、小説に登場する清《きよ》とは似ても似つかない、偉そうな猫に成長したが、そこは飼い主である父に似たのだろう。

〝どうして、あんたがここにいるのよ？　死んだんじゃなかったの？　どうして濡れてないの？〟

立て続けに猫に聞いた。そうしながら、美羽は食堂を見回した。死んだ猫が現れた以外にも、異変が起こっていた。

さっきまでテーブルのそばにいたはずの福地櫂の姿が消え、濃い霧が立ち込めていた。店の中がドライアイスをたいたように真っ白になっていた。そして、古時計が止まっている。時計がおかしくなったというより、時間そのものが止まってしまったように感じた。

〝何が起こっているの？　福地さんは、どこに行ったの？〟

さらに聞いた。すると返事があったが——鳴き声が聞こえたが、それは、かぎしっぽ猫の声ではなかった。

〝みゃ〟

ちびねこ亭のちびの声だ。視線を向けると、子猫はちゃんといた。福地櫂のように消えていなかった。

茶ぶち柄の子猫は、安楽椅子から飛び降りると、とことこと歩いて入り口の近くまでやって来た。扉の前で止まると、キヨに向かって短く鳴いた。

〝みゃ〟

〝ぶにゃ〟

キヨが応じた。何やら言葉を交わしているみたいだった。喧嘩しそうな様子はなかった。二匹のあいだで会話が成立しているようだが、その内容まではわからない。

〝何を話しているのかしら？〟

そう呟いた瞬間、足音が聞こえてきた。外から聞こえる。ちびねこ亭に近づいてくるような足音だ。

〝今度は何？　これって人間の足音よね？〟

もはや自信を持てなかった。窓の外に目を移すと、黒い傘が近づいて来るのが見えた。

音もなく降り続ける雨の中、白い貝殻の小道を歩いてくる。あじさいの花を眺めながら歩いているようだ。

雨と濃い霧のせいでシルエットしか見えないけれど、年寄りの痩せた男みたいだった。

誰だろう、とは思わなかった。

まさか、とも思わなかった。

遠い昔に死んでしまったキヨが現れたのだから、この状況でやって来るものは一人しかいない。他に思い浮かばない。

痩せたシルエットは、看板代わりの黒板の前で傘を神経質なほど丁寧に畳むと、キヨが通って薄く開いたままになっていた扉を大きく開けた。ドアベルが、くぐもった音を立てた。

〝カラン、コロン〟

足音が食堂に入ってきた。ちびねこ亭の照明は、決して暗くない。霧が立ち込めていても、十分に見えるはずだった。

それなのに、痩せた男の顔を見ることはできなかった。店の明かりの下でも、シルエットのままだ。白い影のように見える。

〝みゃん〟

ちびが、客を迎えるように鳴いた。福地櫂に代わって、ちびねこ亭の主を務めているみたいに見えた。子猫らしからぬ畏《かしこ》まった姿勢で座っている。

だが、白い影はそんな子猫を歯牙《しが》にもかけない。ぶすりとした声で、美羽に文句を言い出した。

〝こんな雨の日に呼び出すなんて、少しは他人の迷惑を考えたらどうだ？　おまえはいい歳をして、それくらいの常識もないのか？〟

傘を畳む神経質な仕草といい、もはや間違いない。シルエットを見た瞬間から気づいてはいたけれど。

〝……お父さん〟

呟くように呼んだ声は、我ながら戸惑っていた。会えたことを喜ぶべきなのだろうが、文句ばかり言っている男への嫌悪感が先立っていた。死んだからと言って、嫌いだった父親を好きになるわけではないようだ。まだ他界したばかりだということもあるのだろうが。

〝わざわざ来てやったんだから、礼の一つも言ったらどうだ？〟

美羽に偉そうに言うと、白い影が見覚えのある姿に変わった。濃い紺色の背広を着て、銀縁の眼鏡をかけている。

死ぬ直前の――晩年の父だ。定年退職後も白い髪をきっちりと七三に分けていたが、ここでも同じ髪型をしている。病気が見つかったあと、入退院を繰り返しているときも、この髪型をしていた。

――いつまで銀行の重役でいるつもりなんだろう。

髪型はともかく、死んでまで背広を着ているなんて、どうかしている。美羽は、早くもうんざりしていた。

父はどかどかとテーブルに近づいてくると、横柄《おうへい》な口調で言った。

〝座るぞ〟

返事を待たずに、美羽の正面の席に腰を下ろし、新たに文句をつけ出した。

〝こんなことに金を使うなんて、何を考えているんだ？　だから、おまえは駄目なんだ。まったく、どうしようもない〟

久しぶりだなも、元気にしていたかも、なしだった。母のことも聞かない。挨拶さえせずに美羽を詰《なじ》っている。

言い返す気にもなれない。来なければよかった。会わなければよかったと後悔し、心の底から父が嫌いだと再確認した。死んでも嫌いだ。向かい合って座っているだけでストレスになる。

今すぐに、このまま何も話さずに帰ろうかとも思ったけれど、それこそもったいない。実のある言葉が返ってくるとは思えなかったが、期待せずに話しかけた。

〝劇団を辞めようと思っているの。それで――〟

最後まで言うことはできなかった。美羽の言葉を遮るようにして、父が大声で説教を始めた。

〝劇団だと？　まだ、そんなものをやっていたのか？　ちゃんと就職もせず、結婚もせず、三十にもなって劇団だなんて、おまえは恥ずかしくないのか？　そんなバカなことをやってるから、嫁のもらい手がないんだ〟

やっぱり会いに来るべきではなかった。父に話すべきではなかった。けれど反論はできない。大嫌いな父の言う通りなのだから。三十歳にもなって居場所を失ってしまったのだから。

〝だいたい、おまえは――〟

しつこく説教しようとする言葉を、今度は美羽が遮った。

〝もう辞めるから。演劇を辞めて、お母さんの介護をすることにしたから。地元で仕事も見つけるから〟

すると、父が黙った。まだ文句を言い足りないのか、さらに不機嫌な顔になった。本当に面倒くさい。美羽も口を閉じた。

会話が途絶《とだ》えると、雨音が大きく聞こえた。世界が雨に包まれたような気持ちになる。このまま水没しようとしているのかもしれない。そう思ってしまうほどに雨はやまない。

床では、ちびとキヨが丸くなっている。静かだと思ったら、寝てしまっていたみたいだ。横一列に並ぶようにして、二匹は眠っていた。大小の可愛らしい毛玉が落ちているように見える。

しばらく、二匹を見ていた。父の顔を見たくなかったけれど、いつまでも猫を眺めているわけにはいかない。

美羽は視線を正面に戻し、次の瞬間、はっと目を見開いた。父の姿が消え始めていたのだ。透過処理をしたみたいに、向こう側が——例えば、父が座っている椅子の背もたれが、透けて見える。

思い出ごはんの湯気が消えたら、奇跡の時間は終わる。

大切な人と一緒にいられる時間は、ほんの少しだけ。

誰かにそう聞いた記憶があった。熊谷から聞いたのかもしれないし、予約の電話をしたときに福地櫂が教えてくれたのかもしれない。あるいは、人生の儚さを現した名言か何かと混同しているのかもしれない。

——まあ、いいか。

あっさり、奇跡の時間が終わりかけていることを受け入れた。話したいことは話したし、言うべきことは言った。もう、父に用事はない。湯気が完全に消えるまで一緒にいる必要を感じなかった。

〝それじゃあ〟

曖昧《あいまい》な言葉で別れを告げて、先に帰ろうと席を立ちかけたときだった。父がようやく口を開き、美羽に質問してきた。

〝母さんが望んだことなのか？〟

さっきまでとは口調が違う。静かに問われた。けれど、美羽は何を聞かれたのかわからなかった。質問の内容を把握できず黙っていると、父は銀行員らしい生真面目な声で言い直した。

〝母さんが、おまえに劇団を辞めてくれと言ったのか？　介護してほしい、と頼んだのか？〟

〝まさか〟

母がそんなことを言うわけがない。美羽は首を横に振った。

〝劇団を辞める必要はないって言われたわ。介護なんてしなくていいから、役者を続けなさいって〟

だが、本心だとは思えなかった。身体が不自由になったのだから、暮らしていくのに助けは必要だ。

そう続けようとしたが、話すことはできなかった。美羽が言葉にするより早く、雷のような父の怒声が降ってきた。

〝だったら、勝手な真似をするんじゃない！　母さんの気持ちを無視するな！　年寄りだからって、バカにするんじゃない！　車椅子になったからって、手のかかる子どもみたいに扱うんじゃない！　ちゃんとした大人として扱え！〟

ちびねこ亭の窓ガラスが、びりびりと震えた。それほどの大声だった。あまりの剣幕《けんまく》に、美羽は息を呑んだ。

生きていたころから怒りっぽい父だったが、こんなふうにストレートに怒鳴りつけられたことはなかった。父は、本気で怒っている。美羽が母の言葉を無視した、と腹を立てている。

言い返すこともできずに黙っていると、美羽のスマホが振動した。テーブルの上で小さく震えている。着信だった。

ディスプレイを見ると、「お母さん」と表示されている。何か困ったことがあったら、すぐに電話するように言ってある。

父も着信に気づいたらしく、美羽に声をかけてきた。

〝出たらどうだ〟

〝うん〟

素直に頷き、スマホの画面に指を滑らせた。


「もしもし――」

スマホに向かって発した声は、くぐもっていなかった。そして、応じる母の声も普通に聞こえた。

「もしもし、美羽？　ちょっとお願いがあって電話したんだけど、今、話しても大丈夫かしら？」

体調が悪くなったわけではないようだ。倒れる前と同じくらい元気な声だった。さすがに少し辿々《たどたど》しいところはあったが、聞き取りにくいというほどではない。美羽は胸を撫《な》で下ろし、母に返事をする。

「うん。大丈夫。なあに？」

「退院したら、老人ホームに入ることにしたの。それで書類を取り寄せたんだけど、緊急連絡先っていうのかしら？　つまり、身元保証人が必要みたいなの。美羽に身元保証人になってもらえないかと――」

天気の話でもするような気軽な調子で、母は話をどんどん進めていく。美羽は慌てて遮った。

「ちょ、ちょっと待って！　老人ホームって、どういうこと？　入ることにしたのって、どういうこと？」

「あら、嫌だ。今は『老人ホーム』って言わないわよね。パンフレットにも、『シニアレジデンス』って書いてあるわ」

母が返事をしたが、ピントがズレている。呼び方は大切かもしれないけれど、今はその話をしているのではない。聞きたいのは、そこではなかった。もちろん母もわかっていたらしく、すぐに言葉を継いだ。

「車椅子になっちゃったから、一人で暮らせないじゃない？　それで施設に入ろうと思って、さがしたのよ」

病院の看護師や入院患者、見舞客からも情報を集めていたようだ。母はコミュニケーション能力が高い。

ちなみに、母が入ろうとしている施設は千葉県富津市にあって、SNSで知り合った友人が入居しているらしい。

「お医者さんから外出の許可をもらえたら、そのシニアレジデンスを見学に行こうと思ってるの。見てよかったら、その場で契約するつもりよ。神奈川県から千葉県までは少し遠いような気もするけど、まあ通勤するわけじゃないし、お友達もいるから――」

母の口調は楽しげで、見学と言いながら入居を決めているように聞こえた。美羽は再度、遮った。スマホに向かって声を張った。

「施設なんかに入らなくても大丈夫だから！　わたしが、お母さんの面倒を見るんだから！」

勢い込んで言ったが、あっさり否定された。

「無理よ。あなたの気持ちは嬉しいけど、できないと思う。介護って、そんな簡単なものじゃないから」

「そうかもしれないけど――」

反論しようにも、続きの言葉が出てこない。母の言葉が正しいとわかっていたからだ。

母が倒れてから介護の本を読んだり、ネットで調べたりした。余裕があるのなら専門家に任せるべきだと、はっきり書いている本や記事もあった。状況によるので一概には言えないが、あまりにも負担が大きいと、介護されている人間も介護する側も不幸になる、とも書かれていた。

ましてや母の命がかかっている。適切に介護できなければ、母の寿命を縮めてしまうことになりかねない。

「さっきも言ったけど、お友達がいるのよ。保育園の園長先生をやっていたんですって。他にも眼鏡屋さんだった男性もいるみたいで、すごく楽しそうなの。きっと新しいお友達もできるわ」

母の声は弾んでいた。娘の自分に気を使っている面はあるとしても、友達と一緒に余生をすごしたいというのは嘘ではないだろう。楽しげな声で、母は話し続ける。

「実はね、お友達と一緒に、あなたの舞台を見に行く予定を立ててるの。娘は役者だって自慢しちゃったの」

胸がズキリとした。

「……わたし、もう主役じゃないんだよ」

ようやく言った台詞は、悲しいものだった。芝居を始めたばかりの若い女に――二木琴子にヒロインの座を奪われてしまった。舞台の真ん中は、もう、美羽の居場所ではない。

「だから——」

劇団を辞めることを改めて伝えようとしたが、今度は母に遮られた。

「それが何だって言うの？　主役じゃないから何なの？　お芝居も人生も、主役だけで成り立っているわけじゃないでしょ？」

スマホの向こう側から、母の声が問いかけてきた。そんなふうに言われるとは思っていなかった。美羽は驚いて、返事ができない。すると母が続けた。

「主役じゃないって気づいてからが、本当の人生なのよ。脇役になってからのほうが面白いの。お芝居だって、同じなんじゃないのかしら」

「……お母さん？」

美羽は戸惑っていた。母が人生訓じみた説教をすることが信じられなかった。今までなかったことだし、ものすごく似合わない。彼女の言葉じゃないみたいだ。

そう思ったことが伝わったらしく、母が「ふふふ」と笑った。それから、謎解きをするように話し始めた。

「主役じゃないって気づいてからが、本当の人生だって言ったのは、お父さんなの。美羽が生まれたときにわかったんですって。自分たちは脇役で、美羽が主役なんだって——」

「え？　お父さんが？」

聞き返しながら父の姿をさがしたが、もう見えなかった。けれど、いなくなったわけではない。まだ近くにいる。ちゃんと気配を感じた。見守られている視線を感じる。

それにね、と母がさらに言った。

「主役じゃないって、もう諦めちゃうの？　あなたが気にしているのは、二木琴子さんでしょ？」

「……どうして彼女を知っているの？　わたし、お母さんに話したっけ？」

そんな記憶はなかった。名前さえ口にしたことはなかったはずだ。あの子のことを話すわけがない。

美羽の疑問に直接答えることなく、母は二木琴子の話を続けた。

「確かに、あの子はすごいわ。舞台に立っただけで、目が離せなくなるもの。でも、すごすぎるのよ。相手を見ながら、力を加減することができていない。演劇は一人でやるものじゃないって、まだわかっていないのよ」

ここまで聞いて、ようやくわかった。理屈っぽくて、評論家みたいに話す口調におぼえがあった。

「これも、お父さんの受け売りでしょう？」

「そう」

　母は、あっさりと認めた。だが、すると別の疑問が生じる。琴子のことを知っていて、しかも舞台を見ているとしか思えない言葉なのだ。

「五月に舞台があったでしょ？　お父さんと一緒に行ったのよ。美羽に見つかりたくないって、お父さんがわがままを言って大変だったんだから。熊谷さんにお願いして、わざわざ舞台から死角になる席を取ってもらって」

あのとき、客席にいたのだ。当時、父は入院していたが、病院は刑務所ではない。強く主張すれば、外出することもできる。ましてや父が入っていたのは、緩和ケア病棟で、病気を治すための入院ではなかった。希望はたいてい叶えてもらえる。

「実はね、それまでも何度か見に行っていたの。お父さんが、美羽の舞台を見たいって言い出して。口止めされてたけど、もういいわよね」

「見たい？　わたしの舞台を？　あのお父さんが言ったの？」

矢継ぎ早に問い返すと、母が静かに答えた。

「そうよ。初めて舞台に立ったときも、主演に抜擢されたときも、ちゃんと見に行ってるわ」

そのときも熊谷に頼んだのだろう。劇団の主宰者なのだから、美羽に見つからない席を取ることくらい容易い。そうでなくとも、美羽は演技に没頭すると客席が見えなくなるほうだ。両親が来ていることに気づかなくても不思議はない。

「あなたに見つからないように変装までして行ったのよ」

「変装？」

ふたたび聞き返すと、母が楽しげに返事をした。

「髪型を変えて、若い人が着るような洋服を着て、二人で行ったの。アロハシャツを着たりしてね」

背広を好んで着る父がアロハシャツ？　信じられなかったし、逆に目立つと思うが、美羽は気づかなかった。

「あなたのことを自慢に思っていたのよ。『うちの娘は天才だな。おれに似たんだな』って何度聞かされたことか」

文句を言ってはいるが、母の声は笑っていた。苦笑しているみたいだけれど、嫌がってはいない。幸せな思い出に浸っている声だった。

「お父さんに似ただなんて――」

冗談じゃない、と言いかけて言葉を呑み込んだ。実際、美羽は父親似だ。キツく見られがちな顔立ちは、間違いなく父親譲りだと思う。他人の言うことを聞かない性格だ、ともよく言われる。

けれど、あの父が舞台を見に来ていて、美羽を自慢に思っていたなんて信じられなかった。役者になることを反対していたはずなのに。結婚しない美羽に腹を立てていたはずなのに。

「お父さんはお父さんなりに、あなたの幸せを願っていたのよ。結婚することが幸せだと思っていたから、あんなふうに言ったの。わかってあげて」

「……うん」

わかっていた。本当は、わかっていた。父の言葉の裏側にある自分への愛情に気づいていた。

父を疎んじていたのは嘘ではないが、人の心は単純なものではない。一色ではなく、虹のように何色もの感情が混じっている。口に出して言ったことはなかったけれど、父を好きだという気持ちも持っていた。

「『黒猫食堂の冷めないレシピ』、すごくよかったわよ。お父さん、あなたの演技を見て泣いていたわ」

「……ありがとう」

そう呟いたが、ちゃんと声になっていたかはわからない。美羽も泣いていた。あの舞台を見てもらえて嬉しかった。

自分は幸せだ、と美羽は思った。父にも母にも、夢を応援してもらえる。見守っていてもらえる。

泣きながら、ふと気づいた。今ごろになって気づいた。


――父と電話を代わろう。


母だって父と話したいはずだし、父だって母と話したいはずだ。父の姿は消えかけているが、電話で話すことくらいはできるだろう。もっと早く気づくべきだった。

〝お母さん、あのね……〟

この状況を説明しようとして、はっとした。声がくぐもっていたのだ。ほんの一瞬前まで普通に話せていたのに、ふたたび、分厚いガラス窓の向こう側から聞こえてくるような声に戻った。

そして、電話が切れた。ディスプレイを見ると、圏外になっている。画面に触れても、スマホはもう動かない。眠ってしまったように動かない。

電話もメールも、ＬＩＮＥさえ送れなくなったスマホを持てあまし、意味もなく自分のポケットに入れた。美羽がそうするのを待っていたように、父が声を発した。

〝ごちそうさま〟

それは、終わりを告げる言葉だった。慌ててテーブルの料理を見ると、あじさい揚げが完全に冷めていて、もう湯気は見えない。

〝まあ、そういうことだ〟

また父の声が聞こえたが、さっきよりも遠かった。テーブルから離れた場所から聞こえた。

霧の立ち込めた真っ白な空間に目を凝らすと、キヨを抱いて扉から出ていこうとする父の背中が、薄《うっす》らと見えた。

〝待って〟

美羽は呼び止め、父に駆け寄ろうとした。もう少しだけ一緒にいたかった。あの世に戻ってほしくなかった。

けれど、身体が動かない。急に動かなくなった。深い霧に搦《から》め取られたみたいに、身動きが取れない。幾千もの見えない糸に縛り付けられたようにも感じた。父を追いかけることができない。

そのくせ声は出た。口だけはどうにか動き、父を呼ぶことができた。だが、その声は小さかった。

〝お父さん……〟

自分の耳にさえ届かなそうな、か細い声しか出なかったけれど、父にはちゃんと届いた。いや、そうじゃない。美羽の声を――願いを聞いてくれたのは、きっと神さまだろう。消えてしまったはずの父の姿が見えた。ちびねこ亭の扉の向こう側で、傘を差して、太った猫を抱いている。すでに背中を向けていた。せっかちな父らしく、さっさと天国に帰ろうとしている。

〝お父さん、わたし……〟

言葉を続けることができなかった。涙と嗚咽《おえつ》のせいだ。また、父に何を言えばいいのかもわからない。

だが父は振り返りもせず、例の不機嫌そのものの声で言葉を返してきた。

〝何でもいいから、早く嫁にもらってもらえ。いつまでも若いつもりでいるんじゃないぞ〟

最後まで時代錯誤だった。泣いている自分がバカみたいだ。父の娘でよかったと思っている自分がバカみたいだ。

〝ぶにゃあ〟

〝みゃあ〟

二匹の猫たちが言葉を交わす声が響いた。すると触ってもいないのに、扉がゆっくりと閉まり、ドアベルが鳴った。


カラン、コロン。


その音は、もうくぐもっていなかった。窓の外を見ると、傘を差した人影が遠ざかっていく。あの世に帰っていった。

父が行ってしまうと、霧が晴れて、世界がもとに戻った。何事もなかったように、古時計の針が動き始めた。

○

支払いを終えて外に出ると、雨が上がっていた。しつこく降り続いていた薄鼠《うすねず》色の雨はやみ、雲間から太陽の光が射し込んでいる。

浜辺には雨上がりのしずくが残っていて、貝殻や小石がキラキラと輝いていた。世界は美しく、内房の海は綺麗だった。

その海の上では、ウミネコたちが弧を描いて飛んでいた。ミャオ、ミャーオと鳴きながら、青空が広がり始めた無限の空間に、自分の身体を使って絵を描こうとしているように見える。

「ありがとうございました」

福地櫂が頭を下げた。わざわざ店から出て、美羽を見送ってくれている。看板代わりの黒板の前に立っていた。

ちなみに、ちびは安楽椅子の上で丸くなって眠っていて、見送りにはきてくれなかった。白い霧の世界で主を務めて、疲れてしまったのかもしれない。あれだけ働けば当然だろう。

美羽は、父に会ったことを福地櫂に話していない。彼も聞かなかった。そんなふうに決めているのかもしれない。

「ごちそうさまでした。また来ます」

ちびねこ亭の主に挨拶を返して、内房の海を歩き始めた。白い貝殻の小道に差しかかったときだ。あじさいが消えていることに気づいた。突然なくなるはずがないから、きっと最初からなかったのだろう。この世に存在しないものを、自分は見ていたみたいだ。

「内房の海って、すごいところね」

そう呟きはしたけれど、驚いてはいなかった。世界は不思議に満ちている。奇跡は珍しくないし、どんなことだって起こり得る。死者と会えたのが、その証拠だ。

主役じゃないって気づいてからが、本当の人生なのよ。脇役になってからのほうが面白いの。お芝居だって、同じなんじゃないのかしら。

父が言ったという言葉を思い出した。父にかぎらず、一般に中高年男性はドヤ顔で人生訓じみた台詞を言いたがる傾向にある。しかも、ビジネス書や新聞などからの受け売りが多い。この台詞だって、どこかで聞いたような言葉だ。

「オリジナリティの欠片《かけら》もないから」

美羽は鼻で嗤ってやった。尊敬されたいのだろうが、娘は父親に辛辣《しんらつ》なものだ。言いたいことは、それだけではない。

「誰が脇役よ。わたしは負けない。お父さんとお母さんの子どもなんだから、負けるわけがない」

声に出して宣言し、今度はくすりと笑った。芝居を辞める気は、とっくに消えている。

今の自分は、きっとドヤ顔をしているだろう。

雨上がりの海と空を眺めながら歩いていくと、砂浜の終わりに背の高い男が立っていた。父ではない。もっと、がっちりしているし、顔立ちが整っている。そこにいたのは、二枚目俳優だった。

「熊谷さん」

美羽は、彼の名前を呼んだ。心配して来てくれたのだろう。クールぶってはいるが、優しい男なのだ。熊谷は、挨拶を抜きに聞いてきた。

「大丈夫か？」

「何が？」

「親父さんと会ったんだろ？」

「うん。会ってきた。相変わらず、偉そうで石頭だった。死んでも治らなかったみたい」

そう答えると、熊谷の顔が曇った。美羽が父親と喧嘩してきた、と思ったのかもしれない。

「親父さんに何か言われたのか？」

「うん。まあ、いろいろ言われたかな」

もう一度頷いてから、生きていたころの父の顔が思い浮かんだ。そのときに言われた言葉を、今さら熊谷に教えてやった。

「あなたと結婚しろって言われたわ。もらってくれる？」

言うだけ言って歩き出した。眩しいわけでもないのにサングラスをかけて、熊谷の脇を通りすぎ、無人の道路を進んだ。ファッションショーのモデルになったつもりで、背筋を伸ばしてスタスタと歩いた。

何秒か遅れて、熊谷の「はあ!?」と驚いている声が背後で聞こえた。そして慌てた様子で追いかけて来る。ちゃんと追いかけてきてくれた。

今の自分は、やっぱりドヤ顔をしているだろう。

ちびねこ亭特製レシピ

車海老のあじさい揚げ

材料（8個分）

車海老　8尾
食パン　1枚
小麦粉　適量
溶き卵　適量
ごま油　適量
塩・胡椒　適量
酒　適量

作り方

1　車海老は尾をとり殻をむき、背わたを取り除き、みじん切りにする。
2　食パンは5mm角に切る。
3　ボウルに1、塩、胡椒、酒、小麦粉を入れてよく混ぜ合わせる。
4　フライパンにごま油を熱し、3を小さな丸にして、小麦粉をまぶして、溶き卵にくぐらせてから、2を衣にして揚げる。
5　きつね色になったら、油を切って器に盛り付ける。

ポイント

衣にチーズや粉チーズを加えると、風味豊かな味わいになります。また、車海老のほかに魚介や肉を使っても美味しくできあがります。

謝辞

自分の居場所や存在意義を見つけられずに苦しんでいた中学生のころ、物語の面白さを教えてくださったO先生に、心より感謝申し上げます。この小説、特に第二話は、先生の教えがなければ生まれなかったものです。

　これからも先生の教えを胸に、新たな物語を紡いでいきます。ありがとうございました。

光文社文庫

文庫書下ろし

ちびねこ亭《てい》の思《おも》い出《で》ごはん　かぎしっぽ猫《ねこ》とあじさい揚《あ》げ

著者　高《たか》橋《はし》由《ゆ》太《た》

2024年2月20日　初版1刷発行

発行者　三宅貴久
印刷　萩原印刷
製本　ナショナル製本

発行所　株式会社　光文社
〒112-8011　東京都文京区音羽1-16-6
電話　(03)5395-8147　編集部
8116　書籍販売部
8125　業務部

ISBN978-4-334-10211-1　Printed in Japan

組版　萩原印刷